U0540658

世界上的迷路者

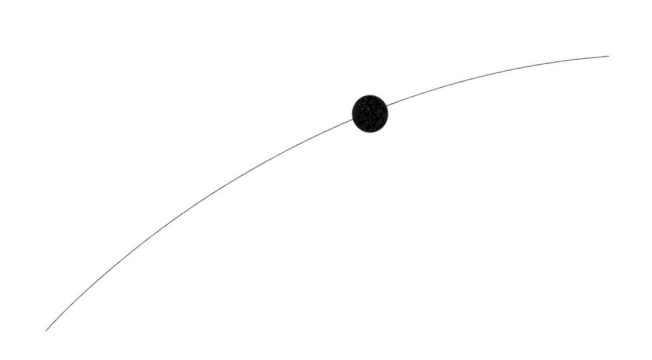

余华 著

北京出版集团
北京十月文艺出版社

新经典文化股份有限公司
www.readinglife.com
出 品

目录

● **第一辑　在时间的影子里**

○ **活着**

4　我感到自己写下了高尚的作品

7　活着的力量不是进攻而是忍受

9　就像树木插满了森林一样

14　从他人的经历里感受自己的命运

16　这可能是二十多年写作给予我的酬谢

19　生活正在小心翼翼走向正常

21　人们往往觉得自己熟悉的是最好的

○ **许三观卖血记**

26　这本书其实是一首很长的民歌

28　会像玫瑰和亚里士多德一样死去

30　南方的节奏和南方的气氛

32　我只是被它们选中来完成这样的工作

36　我写作时的心跳

38　一本有声音的书

- **在细雨中呼喊**

    42　我怀疑自己的现实是否正在被虚构

    44　去倾听电话另一端往事的发言

    46　当漫漫的人生走向尾声的时候

- **兄弟**

    50　正确的出发都是走进窄门

    52　《兄弟》创作日记

    60　从一个极端走向另一个极端

- **第七天**

    64　《第七天》之后

- **文城**

    72　小美是这部作品的心跳

    74　每个人心中都有一座文城

    76　《文城》回答

● 第二辑　我的所有努力都是为了更加接近真实

89　虚伪的作品
104　作家的不稳定性
107　作家的勇气
109　长篇小说的写作
118　世上最为动人的歌谣
121　我的另一条人生之路
124　读与写
127　一个对于地震恐惧的故事
129　和声与比翼鸟
132　作者需要获得拯救

● 第三辑　没有一条道路是重复的

137　人类的正当研究便是人
150　没有一条道路是重复的
153　什么是爱情
156　歪曲生活的小说
160　两位学者的肖像
168　罗伯特·凡德·休斯特在中国摁下的快门
172　来自中国的故事
176　写作是一次又一次的自我解放
185　凭空捏造事实的本领
193　你家房子上 CNN 新闻了
197　尊敬的女士们、先生们

第 一 辑

在 时 间 的 影 子 里

活着

我感到自己写下了高尚的作品

一位真正的作家永远只为内心写作,只有内心才会真实地告诉他,他的自私、他的高尚是多么突出。内心让他真实地了解自己,一旦了解了自己也就了解了世界。很多年前我就明白了这个原则,可是要捍卫这个原则必须付出艰辛的劳动和长时期的痛苦,因为内心并非时时刻刻都是敞开的,它更多的时候倒是封闭起来,于是只有写作,不停的写作才能使内心敞开,才能使自己置身于发现之中,就像日出的光芒照亮了黑暗,灵感这时候才会突然来到。

长期以来,我的作品都是源出于和现实的那一层紧张关系。我沉湎于想象之中,又被现实紧紧控制,我明确感受着自我的分裂,我无法使自己变得纯粹,我曾经希望自己成为一位童话作家,要不就是一位实实在在作品的拥有者,如果我能够成为这两者中的任何一个,我想我内心的痛苦将轻微很多,可是与此同时我的力量也会削弱很多。

事实上我只能成为现在这样的作家,我始终为内心的需要而写作,理智代替不了我的写作,正因为此,我在很长一段时间里是一个愤怒和冷漠的作家。

这不只是我个人面临的困难,几乎所有优秀的作家都处于和现实的紧张关系中,在他们笔下,只有当现实处于遥远状态时,他们作品中的现实才会闪闪发亮。应该看到,这过去的现实虽然充满了魅力,可它已经蒙上了一层虚幻的色彩,那里面塞满了个人想象和个人理解。真正的现实,也就是作家生活中的现实,是令人费解和难以相处的。

作家要表达与之朝夕相处的现实,他常常会感到难以承受,蜂拥而来的真实几乎都在诉说着丑恶和阴险,怪就怪在这里,为什么丑恶的事物总是在身边,而美好的事物却远在海角。换句话说,人的友爱和同情往往只是作为情绪来到,而相反的事实则是伸手便可触及。正像一位诗人所表达的:人类无法忍受太多的真实。

也有这样的作家,一生都在解决自我和现实的紧张关系,福克纳是一个成功的例子,他找到了一条温和的途径,他描写中间状态的事物,同时包容了美好和丑恶,他将美国南方的现实放到了历史和人文精神之中,这是真正意义上的文学现实,因为它连接了过去和将来。

一些不成功的作家也在描写现实,可是他们笔下的现实说穿了只是一个环境,是固定的,死去的现实。他们看不到人是怎样走过来的,也看不到怎样走去。当他们在描写斤斤计较的人物时,我们会感到作家本人也在斤斤计较。这样的作家是在写实在的作品,而不是现实的作品。

　　前面已经说过,我和现实关系紧张,说得严重一点,我一直是以敌对的态度看待现实。随着时间的推移,我内心的愤怒渐渐平息,我开始意识到一位真正的作家所寻找的是真理,是一种排斥道德判断的真理。作家的使命不是发泄,不是控诉或者揭露,他应该向人们展示高尚。这里所说的高尚不是那种单纯的美好,而是对一切事物理解之后的超然,对善和恶一视同仁,用同情的目光看待世界。

　　正是在这样的心态下,我听到了一首美国民歌《老黑奴》,歌中那位老黑奴经历了一生的苦难,家人都先他而去,而他依然友好地对待这个世界,没有一句抱怨的话。这首歌深深地打动了我,我决定写下一篇这样的小说,就是这篇《活着》,写人对苦难的承受能力,对世界乐观的态度。写作过程让我明白,人是为活着本身而活着的,而不是为了活着之外的任何事物所活着。我感到自己写下了高尚的作品。

一九九三年七月二十七日

活着的力量不是进攻而是忍受

我不知道应该怎样来解释这一部作品,这样的任务交给作者去完成是十分困难的,但是我愿意试一试,我希望韩国的读者能够容忍我的冒险。

这部作品的题目叫《活着》,作为一个词语,"活着"在我们中国的语言里充满了力量,它的力量不是来自于喊叫,也不是来自于进攻,而是忍受,去忍受生命赋予我们的责任,去忍受现实给予我们的幸福和苦难、无聊和平庸。作为一部作品,《活着》讲述了一个人和他的命运之间的友情,这是最为感人的友情,因为他们互相感激,同时也互相仇恨;他们谁也无法抛弃对方,同时谁也没有理由抱怨对方。他们活着时一起走在尘土飞扬的道路上,死去时又一起化作雨水和泥土。与此同时,《活着》还讲述了人如何去承受巨大的苦难,就像中国的一句成语:千钧一发。让一根头发去承受三万斤的重压,它没有断。我相信,《活着》还讲述了眼泪的宽广和丰富;讲述了绝望的不存在;讲述了人是为了活着本身而活着的,而不是为了活着之外的任何事物而活着。当然,《活着》也讲述了我们中国人这几十年是如何熬过来的。我知道,《活着》所讲述的远不止这些。文学就是这样,它讲述了作家意识到的事物,同时也讲述了作家所没有意识到的,读者就是这时候站出来发言的。

一九九六年十月十七日

就像树木插满了森林一样

我曾经以作者的身份议论过福贵的人生。一些意大利的中学生向我提出了一个十分有益的问题:"为什么您的小说《活着》在那样一种极端的环境中还要讲生活而不是幸存?生活和幸存之间轻微的分界在哪里?"

我的回答是这样的:"在中国,对于生活在社会底层的人来说,生活和幸存就是一枚分币的两面,它们之间轻微的分界在于方向的不同。对《活着》而言,生活是一个人对自己经历的感受,而幸存往往是旁观者对别人经历的看法。《活着》中的福贵虽然历经苦难,但是他是在讲述自己的故事。我用的是第一人称的叙述,福贵的讲述里不需要别人的看法,只需要他自己的感受,所以他讲述的是生活。如果用第三人称来叙述,如果有了旁人的看法,那么福贵在读者的眼中就会是一个苦难中的幸存者。"

出于上述的理由,我在其他的时候也重复了这样的观点。我说在旁人眼中福贵的一生是苦熬的一生;可是对于福贵自己,我相信他更多地感受到了幸福。于是那些意大利中学生的祖先，伟大的贺拉斯警告我："人的幸福要等到最后，在他生前和葬礼前，无人有权说他幸福。"

贺拉斯的警告让我感到不安。我努力说服自己：以后不要再去议论别人的人生。现在，当角川书店希望我为《活着》写一篇序言时，我想谈谈另外一个话题。我要谈论的话题是——谁创造了故事和神奇？我想应该是时间创造的。我相信是时间创造了诞生和死亡，创造了幸福和痛苦，创造了平静和动荡，创造了记忆和感受，创造了理解和想象，最后创造了故事和神奇。贺知章的《回乡偶书》说的就是时间带来的喜悦和辛酸：

少小离家老大回，
乡音无改鬓毛衰。
儿童相见不相识，
笑问客从何处来。

《太平广记》卷第二百七十四讲述了一个由时间创造的故事，一位名叫崔护的少年，资质甚美可是孤寂寡合。某一年的清明日，崔护独自来到了城南郊外，看到一处花木丛萃的庭院，占地一亩却寂若无人。崔护叩门良久，有一少女娇艳的容貌在门缝中若隐若现，简单的对话之后，崔护以"寻春独行，酒渴求饮"的理由进入院内，崔护饮水期间，少女斜倚着一棵盛开着桃花的小树，"妖姿媚态，绰有余妍"。两人四目相视，久而久之。崔护告辞离去时，少女送至门口。此后的日子里，崔护度日如年，时刻思念着少女的容颜。到了第二年的清明日，崔护终于再次起身前往城南，来到庭院门外，看到花木和门院还是去年的模样，只是人去院空，门上一把大锁显得冰凉和无情。崔护在伤感和叹息里，将一首小诗题在了门上：

去年今日此门中，
人面桃花相映红。
人面不知何处去，
桃花依旧笑春风。

这简短的故事说出了时间的意味深长。崔护和少女之间除了四目相视，没有任何其他的交往，只是夜以继日的思念之情，在时间的节奏里各自流淌。在这里，时间隐藏了它的身份，可是又掌握着两个人的命运。我们的阅读无法抚摸它，也无法注视它，可是我们又时刻感受到了它的存在。就像寒冷的来到一样，我们不能注视也不能抚摸，我们只能浑身发抖地去感受。就这样，什么话都不用说，什么行为都不用写，只要有一年的时间，也可以更短暂或者更漫长，崔护和少女玉洁冰清的恋情便会随风消散，便会"人面不知何处去"。类似的叙述在我们的文学里随处可见，让时间中断流动的叙述，然后再从多年以后开始，这时候截然不同的情景不需要铺垫，也不需要解释就自然而然地出现了。在文学的叙述里，没有什么比时间更具有说服力了，因为时间无须通知我们就可以改变一切。

另一个例子来自但丁《神曲》中的诗句，当但丁写到箭离弦击中目标时，他这样写："箭中了目标，离了弦。"这诗句的神奇之处在于但丁改变了语言中的时间顺序，让我们顷刻间感受到了语言带来的速度。这个例子告诉我们，时间不仅仅创造了故事和情节的神奇，同时也创造了句子和细节的神奇。

我曾经在两部非凡的短篇小说里读到了比很多长篇小说还要漫长的时间，一部是美国作家艾萨克·辛格的《傻瓜吉姆佩尔》，另一部是巴西作家若昂·吉马朗埃斯·罗萨的《河的第三条岸》。这两部作品异曲同工，它们都是由时间创造出了叙述，让时间帮助着一个人的一生在几千字的篇幅里栩栩如生。与此同时，文学叙述中的时间还造就了《战争与和平》《静静的顿河》和《百年孤独》的故事和神奇，这些篇幅浩瀚的作品和那些篇幅简短的作品共同指出了文学叙述的品质，这就是时间的神奇。就像树木插满了森林一样，时间的神奇插满了我们的文学。

最后我应该再来说一说《活着》。我想这是关于一个人一生的故事，因此它也表达了时间的漫长和时间的短暂，表达了时间的动荡和时间的宁静。在文学的叙述里,描述一生的方式是表达时间最为直接的方式,我的意思是说时间的变化掌握了《活着》里福贵命运的变化,或者说时间的方式就是福贵活着的方式。我知道是时间的神奇让我完成了《活着》的叙述,可是我不知道《活着》的叙述是否又表达出了这样的神奇?我知道福贵的一生窄如手掌,可是我不知道是否也宽若大地?

二〇〇二年一月十七日

从他人的经历里感受自己的命运

我在一九九三年中文版的自序里写下这样一段话:"我听到了一首美国民歌《老黑奴》,歌中那位老黑奴经历了一生的苦难,家人都先他而去,而他依然友好地对待这个世界,没有一句抱怨的话。这首歌深深地打动了我,我决定写下一篇这样的小说,就是这篇《活着》。"

作家的写作往往是从一个微笑、一个手势、一个转瞬即逝的记忆、一句随便的谈话、一段散落在报纸夹缝中的消息开始的,这些水珠般微小的细节有时候会勾起漫长的命运和波澜壮阔的场景。《活着》的写作也不例外,一首美国的民歌,寥寥数行的表达,成长了福贵动荡和苦难的一生,也是平静和快乐的一生。

老黑奴和福贵,这是两个截然不同的人。他们生活在不同的国家,经历着不同的时代,属于不同的民族和不同的文化,有着不同的肤色和不同的嗜好,然而有时候他们就像是同一个人。这是因为所有的不同都无法抵挡一个基本的共同之处,人的共同之处。人的体验和欲望还有想象和理解，会取消所有不同的界限，会让一个人从他人的经历里感受到自己的命运，就像是在不同的镜子里看到的都是自己的形象。我想这就是文学的神奇，这样的神奇曾经让我，一位遥远的中国读者在纳撒尼尔·霍桑、威廉·福克纳和托妮·莫里森的作品里读到我自己。

二〇〇二年四月二十六日

这可能是二十多年写作给予我的酬谢

今年是麦田出版公司成立十五年,《活着》中文繁体版出版十四年。林秀梅打来电话,告诉我,《活着》在台湾出版十四年来,每年加印,麦田决定出版《活着》的经典纪念版,希望我为此作序。

我能写下些什么呢?往事如烟,可我记忆犹新。一九八九年的时候,当时还在远流出版公司主持文学和电影出版的陈雨航来到北京,与我签下了两本小说集的中文繁体版出版合同。在台湾,是陈雨航发现了我,或者说是他把我的作品带到了台湾。那些日子我们经常通信,我已经习惯了远流出版公司的信封和陈雨航的笔迹,两年多以后我收到了陈雨航的一封信,仍然是熟悉的笔迹,却不是熟悉的远流信封了。陈雨航告诉我,他辞职离开远流了。差不多一年过去后,陈雨航和苏拾平来到北京,我才知道他们成立了麦田出版公司。

《活着》是我在麦田出版的第一部小说,后来我全部的小说都在麦田出版了。十多年的同舟共济以后，我很荣幸《活着》是麦田出版图书中的元老。一九九四年初版时的编辑是陈雨航，二〇〇〇年改版后的编辑是林秀梅，二〇〇五年再次改版后的编辑是胡金伦，不知道这次经典版的编辑是谁。

我已经为《活着》写下过四篇前言，这是第五篇。回顾过去，我感觉自己长时期生活在现实和虚构的交界处，作家的生活可能就是如此，在现实和虚构之间来来去去，有时候现实会被虚构，有时候虚构突然成为了现实。十五年前我在《活着》里写下了一个名叫福贵的人，现在当我回想这个福贵时，时常觉得他不是一个小说中的人物，而是我生活中曾经出现过的一位朋友。

一九九二年春节后，我在北京一间只有八平米的平房里开始写作《活着》，秋天的时候在上海华东师大招待所的一个房间里修改定稿。最初的时候我是用旁观者的角度来写作福贵的一生，可是困难重重，我的写作难以为继；有一天我突然从第一人称的角度出发，让福贵出来讲述自己的生活，于是奇迹出现了，同样的构思，用第三人称的方式写作时无法前进，用第一人称的方式写作后竟然没有任何阻挡，我十分顺利地写完了《活着》。

也许这就是我们经常所说的命运。写作和人生其实一模一样，我们都是这个世界上的迷路者，我们都是按照自己认定的道路寻找方向，也许我们是对的，也许我们错了，或者有时候对了，有时候错了。在中国人所说的盖棺论定之前，在古罗马人所说的出生之前和死去之前，我们谁也不知道在前面的时间里等待我们的是什么。

为何我当初的写作突然从第三人称的角度转化为第一人称？现在，当写作《活着》的经历成为过去，当我可以回首往事了，我宁愿十分现实地将此理解为一种人生态度的选择，而不愿去确认所谓命运的神秘借口。为什么？因为我得到了一个最为朴素的答案。《活着》里的福贵经历了多于常人的苦难，如果从旁观者的角度，福贵的一生除了苦难还是苦难，其他什么都没有；可是当福贵从自己的角度出发，来讲述自己的一生时，他苦难的经历里立刻充满了幸福和欢乐，他相信自己的妻子是世上最好的妻子，他相信自己的子女也是世上最好的子女，还有他的女婿他的外孙，还有那头也叫福贵的老牛，还有曾经一起生活过的朋友们，还有生活的点点滴滴……

我在阅读别人的作品时，有时候会影响自己的人生态度；而我自己写下的作品，有时候也同样会影响自己的人生态度。《活着》里的福贵就让我相信：生活是属于每个人自己的感受，不属于任何别人的看法。

我想，这可能是二十多年写作给予我的酬谢。

二〇〇七年五月十五日

生活正在小心翼翼走向正常

麦田出版公司一九九四年首次出版《活着》，之后几次改版，我伸出手指在书架上数出五个版本，这个应该是第六版。

《活着》是我在麦田出版的第一本书，此前的书是在远流出版。二〇一一年台北书展期间，我再次见到远流出版公司发行人王荣文先生，王先生对我说了一句话：如果《活着》当年是在远流出版，那么你的书都会留在远流。确实如此，无论是在大陆和台湾，还是在出版过我作品的四十六个国家，除了少数几个国家，基本上是《活着》在哪个出版公司，我的其他作品或者大部分作品也在那个出版公司。王荣文先生不知道，我曾经想离开麦田回到远流，那是在陈雨航离开麦田之后，他把我的书带到了远流又带到了麦田，然后他拂袖而去成立另外的出版社，不再管我，于是我想回远流了，我给麦田发行人涂玉云发去一份传真，请求结束《活着》的合约，也就是过去一个小时左右，涂小姐的电话来了，她声音温和地介绍了《活着》在台湾出版以后的情况，让我觉得麦田没有做错什么，而且做得很好，涂小姐的电话使我改变了主意，我决定留在麦田。

《活着》一九九四年初版到二〇二〇年第六版，二十六年的时间飞一样过去了。从一九九〇年开始，我的书在台湾一直顺利出版，为此我要感谢五个人：把我的作品带到台湾的陈雨航，麦田的涂玉云和林秀梅，远流的王荣文和游奇惠。

我写作这篇序言的时候，新冠病毒正在袭击我们，大陆已经控制住了，欧美却开始了。为了防范境外输入病例，我在北京居住的小区至今仍然封闭，我有两个月没有出门。我站在窗前看到东四环上车辆多了起来，楼下枯黄的草木开始被绿色覆盖，我知道生活正在小心翼翼走向正常，可是真正意义上的正常生活仍在远处，它还没有向我们招手。

二〇二〇年三月二十三日

人们往往觉得自己熟悉的是最好的

《活着》一九九二年在中国的《收获》杂志上发表,一九九六年在韩国出版。时至今日,《活着》已翻译成四十二种语言在不同的国家出版,韩国是最早出版这部小说的国家之一,感谢白元淡教授翻译了这部小说,感谢绿林出版社出版了这部小说,感谢你们把我的作品带到了韩国。当然,最重要的感谢要给韩国的读者,你们对我作品持续不断的阅读,让我和绿林出版社深受鼓舞。

这是我第四次为韩文版写自序,我不知道应该说些什么,关于《活着》的写作,在中国也在国外我说得太多了,因此这篇自序我想说说另外的故事,我和张艺谋导演的故事。

我的小说《活着》最初在国外出版,得益于张艺谋的电影《活着》。借此机会我说说电影《活着》,我与张艺谋导演刚开始讨论的不是《活着》,是我另一个小说《河边的错误》,几次的讨论下来感觉进展缓慢,闲聊的时候张艺谋导演问我最近有没有新作,当时我刚好收到《收获》杂志寄来的《活着》清样,就把清样给了张艺谋导演，他是《活着》第一个读者，在《收获》杂志发表之前就读了这部小说。

张艺谋是这样一位导演，他在改编一个作家的作品时，会把自己对于社会对于生活的感受和理解加入进去，不会盲目地忠于原著。因此在一九九三年十一月的一个夜晚，我第一次看完电影《活着》的感受是：这部电影不像我的小说。我记得当时我们通过一个电话，我在电话里对他表达了一些不满，甚至对他说这部电影不用叫《活着》。张艺谋导演是个好脾气的人，他语气温和地解释了为什么这部电影仍然应该叫《活着》。

当《活着》翻译成不同的语言，在不同的国家出版后，九十年代中旬我开始了频繁的出国之旅，当时邀请方除了安排与书有关的活动，还会放映一场电影《活着》，让我代表张艺谋导演去与观众见面。当时张艺谋很忙，他们邀请不到，当时我游手好闲，一请就到。为此我在国外看了二十来遍电影《活着》，有几次我实在不想再看这部电影了，走出电影院，无所事事地站在街上，总会有热心的人走过来用外国话问我是否需要帮助，我听不懂外国话，觉得站在街上是个麻烦，又进去电影院把《活着》看完。我在国外看了二十来遍电影《活着》后，一个念头产生了：为什么小说不像电影？

我说这个故事的意思是，人们往往觉得自己最为熟悉的是最好的，因为熟悉的总是按照自己的习惯和想法在进行，不熟悉的往往会与自己的习惯和想法发生冲突。

从此以后，再有人来问我对张艺谋《活着》的看法时，我总是毫不犹豫地回答：

"伟大的电影。"

二〇二三年八月八日

许三观卖血记

这本书其实是一首很长的民歌

　　这本书表达了作者对长度的迷恋，一条道路、一条河流、一条雨后的彩虹、一个绵延不绝的回忆、一首有始无终的民歌、一个人的一生。这一切犹如盘起来的一捆绳子，被叙述慢慢拉出去，拉到了路的尽头。

　　在这里，作者有时候会无所事事。因为他从一开始就发现虚构的人物同样有自己的声音，他认为应该尊重这些声音，让它们自己去风中寻找答案。于是，作者不再是一位叙述上的侵略者，而是一位聆听者，一位耐心、仔细、善解人意和感同身受的聆听者。他努力这样去做，在叙述的时候，他试图取消自己作者的身份，他觉得自己应该是一位读者。事实也是如此，当这本书完成之后，他发现自己知道的并不比别人多。

　　书中的人物经常自己开口说话，有时候会让作者吓一跳，当那些恰如其分又十分美妙的话在虚构的嘴里脱口而出时，作者会突然自卑起来，心里暗想："我可说不出这样的话。"然而，当他成为一位真正的读者,当他阅读别人作品时,他又时常暗自得意:"我也说过这样的话。"

这似乎就是文学的乐趣,我们需要它的影响,来纠正我们的思想和态度。有趣的是,当众多伟大的作品影响着一位作者时,他会发现自己虚构的人物也正以同样的方式影响着他。

这本书其实是一首很长的民歌,它的节奏是回忆的速度,旋律温和地跳跃着,休止符被韵脚隐藏了起来。作者在这里虚构的只是两个人的历史,而试图唤起的是更多人的记忆。

马提亚尔说:"回忆过去的生活,无异于再活一次。"写作和阅读其实都是在敲响回忆之门,或者说都是为了再活一次。

一九九八年七月十日

会像玫瑰和亚里士多德一样死去

这是一本关于平等的书，这话听起来有些奇怪，而我确实是这样认为的。我知道这本书里写到了很多现实，"现实"这个词让我感到自己有些狂妄，所以我觉得还是退而求其次，声称这里面写到了平等。在一首来自十二世纪的非洲北部的诗里面这样写道：

可能吗，我，雅可布－阿尔曼苏尔的一个臣民，
会像玫瑰和亚里士多德一样死去？

我认为，这也是一首关于平等的诗。一个普通的臣民，我们有理由相信他是一个规矩人，一个羡慕玫瑰的美丽和亚里士多德的博学品质的规矩人，他期望着有一天能和他们平等，就是死亡来到的这一天，在他弥留之际，他会幸福地感到玫瑰和亚里士多德曾经和他的此刻一模一样。海涅说："死亡是凉爽的夜晚。"海涅也赞美了死亡，因为"生活是痛苦的白天"，除此以外，海涅也

知道死亡是唯一的平等。

还有另外一种对平等的追求。有这样一个人，他不知道有个外国人叫亚里士多德，也不认识玫瑰（他只知道那是花），他知道的事情很少，认识的人也不多，他只有在自己生活的小城里行走才不会迷路。当然，和其他人一样，他也有一个家庭，有妻子和儿子；也和其他人一样，在别人面前显得有些自卑，而在自己的妻儿面前则是信心十足，所以他也就经常在家里骂骂咧咧。这个人头脑简单，虽然他睡着的时候也会做梦，但是他没有梦想。当他醒着的时候，他也会追求平等，不过和那个雅可布－阿尔曼苏尔的臣民不一样，他才不会通过死亡去追求平等，他知道人死了就什么都没有了。他是一个像生活那样实实在在的人，所以他追求的平等就是和他的邻居一样，和他所认识的那些人一样。当他的生活极其糟糕时，因为别人的生活同样糟糕，他也会心满意足。他不在乎生活的好坏，但是不能容忍别人和他不一样。

这个人的名字很可能叫许三观，遗憾的是许三观一生追求平等，到头来却发现：就是长在自己身上的眉毛和屌毛都不平等。所以他牢骚满腹地说："屌毛出得比眉毛晚，长得倒是比眉毛长。"

一九九七年八月二十六日

南方的节奏和南方的气氛

　　这些年来，我一直在使用标准的汉语写作，我的意思是——我在中国的南方长大成人，然而却使用北方的语言写作。

　　如同意大利语来自于佛罗伦萨一样，我们的标准汉语也来自于一个地方语。佛罗伦萨的语言是由于一首伟大的长诗而荣升为国家的语言，这样的事实在我们中国人看来，如同传说一样美妙，而且让我们感到吃惊和羡慕。但丁的天才使一个地方性的口语成为了完美的书面表达，其优美的旋律和奔放的激情，还有沉思的力量跃然纸上。比起古老的拉丁语，《神曲》的语言似乎更有生机，我相信还有着难以言传的亲切之感。

　　我们北方的语言却是得益于权力的分配。权力的倾斜使一个地区的语言成为了统治者，其他地区的语言则沦落为方言俚语。于是用同样方式书写出来的作品，在权力的北方成为历史的记载，正史或者野史；而在南方，只能被流放到民间传说的格式中去。

　　我就是在方言里成长起来的。有一天，当我坐下来决定写作一篇故事时,我发现二十多年来与我朝夕相处的语言,突然成为了一堆错别字。口语与书面表达之间的差异让我的思维不知所措,如同一扇门突然在我眼前关闭,让我失去了前进时的道路。

我在中国能够成为一位作家,很大程度上得益于我在语言上妥协的才华。我知道自己已经失去了语言的故乡,幸运的是我并没有失去故乡的形象和成长的经验,汉语自身的灵活性帮助了我,让我将南方的节奏和南方的气氛注入到了北方的语言之中,于是异乡的语言开始使故乡的形象栩栩如生了。这正是语言的美妙之处,同时也是生存之道。

十五年的写作,使我灭绝了几乎所有来自故乡的错别字,我学会了如何去寻找准确有力的词汇,如何去组织延伸中的句子;一句话,就是我学会了在标准的汉语里如何左右逢源,驾驭它们如同行走在坦途之上。从这个意义上说,我已经是"商女不知亡国恨"了。

一九九八年四月十一日

我只是被它们选中来完成这样的工作

有一个人我至今没有忘记，有一个故事我也一直没有去写。我熟悉那个人，可是我无法回忆起他的面容，然而我却记得他嘴角叼着烟卷的模样，还有他身上那件肮脏的白大褂。有关他的故事和我自己的童年一样清晰和可信，这是一个血头生命的历史，我的记忆点点滴滴，不断地同时也是很不完整地对我讲述过他。

这个人已经去世，这是我父亲告诉我的。我的父亲，一位退休的外科医生在电话里提醒我——是否还记得这个人所领导的那次辉煌的集体卖血？我当然记得。

这个人有点像这本书中的李血头，当然他不一定姓李，我忘记了他真实的姓，这样更好，因为他将是中国众多姓氏中的任何一个。这似乎是文学乐意看到的事实，一个人的品质其实被无数人悄悄拥有着，于是你们的浮士德在进行思考的时候，会让中国的我们感到是自己在准备做出选择。

这个人一直在自己的世界里建立着某些不言而喻的权威，虽然他在医院里的地位低于一位最普通的护士,然而他精通了日积月累的意义,在那些因为贫困或者因为其他更为重要的理由前来卖血的人眼中,他有时候会成为一名救世主。

在那个时代里,所有医院的血库都库存丰足,他从一开始就充分利用了这一点,让远道而来的卖血者在路上就开始了担忧,担忧自己的体内流淌的血能否卖出去?他十分自然地培养了他们对他的尊敬,而且让他们人人都发自内心。接下去他又让这些最为朴素的人明白了礼物的意义,这些人中间的绝大部分都是目不识丁者,可是他们知道交流是人和人之间必不可少的,礼物显然是交流时最为重要的依据,它是另一种语言,一种以自我牺牲和自我损失为前提的语言。正因为如此,礼物成为了最为深刻的喜爱、赞美和尊敬之词。就这样,他让他们明白了在离家出门前应该再带上两棵青菜,或者是几个西红柿和几个鸡蛋,空手而去等于失去了语言,成为聋哑之人。

他苦心经营着自己的王国,长达数十年。然后,时代发生了变化,所有医院的血库都开始变得库存不足了,买血者开始讨好卖血者,血头们的权威摇摇欲坠。然而他并不为此担心,这时候的他已经将狡猾、自私、远见卓识和同情心熔于一炉,他可以从容地去应付任何困难。他发现了血的价格在各地有所不同,于是就有了前面我父亲的提醒——他在很短的时间里组织了近千名卖血者,长途跋涉五百多公里,从浙江到江苏,跨越了十来个县,将他们的血卖到了他所能知道的价格最高之处。他的追随者获得了更多一些的收入，而他自己的钱包则像打足了气的皮球一样鼓了起来。

这是一次杂乱和漫长的旅程，我不知道他使用了什么手段，使这些平日里最为自由散漫同时又互不相识的人，吵吵闹闹地组成了一支乌合之众的队伍。我相信他给他们规定了某些纪律，并且无师自通地借用了某些军队的编制，他会在这杂乱的人群里挑选出几十人，给予他们有限的权力，让他们尽展各自的才华，威胁和拉拢、甜言蜜语和破口大骂并用，他们为他管住了这近千人，而他只要管住这几十人就足够了。

这次集体行为很像是战争中移动的军队，或者像是正在进行中的宗教仪式，他们黑压压的能够将道路铺满长长一截。这里面的故事一定会令我着迷，男人之间的斗殴，女人之间的闲话，还有偷情中的男女，以及突然来到的疾病击倒了某个人，当然也有真诚的互相帮助，可能还会有爱情发生……我相信在这个世界上，再也找不出另外一支队伍，能够比这一支队伍更加五花八门了。

我一直希望自己能够将这个故事写出来，有一天我坐到了桌前，我发现自己开始写作一个卖血的故事，九个月以后，我确切地知道了自己写下了什么，我写下了《许三观卖血记》。

显然，这是另外一个故事。这个故事里的人物只是跟随那位血头的近千人中的一个,他也可能没有参加那次长途跋涉的卖血行动。我知道自己只是写下了很多故事中的一个,另外更多的故事我一直没有去写,而且也不知道以后是否会写。这就是我成为一名作家的理由,我对那些故事没有统治权,即便是我自己写下的故事,一旦写完,它就不再属于我,我只是被它们选中来完成这样的工作。因此,我作为一个作者,你作为一个读者,都是偶然。如果你,一位德语世界里的读者,在读完这本书后,发现当书中的人物做出的某个选择,也是你内心的判断时,那么,我们已经共同品尝了文学的美味。

一九九八年六月二十七日

我写作时的心跳

我写作这篇简短前言之时，想起十五年前一个真实的感人故事，一位父亲靠卖血换来的几万元钱，供儿子读完中学又上了大学，这期间儿子的每一封要钱的来信都是卖血的通知单，让父亲不断卖血去凑足儿子所要的数目。可是儿子却中途退学不知去向，留给父亲的是一个永远无法打通的电话号码。这位生活在偏远山区的父亲每次打电话都要走三个多小时的路程，即使这样他仍然一次又一次地去拨打那个已经不存在的电话号码。当时媒体的报道引起社会的广泛注意，儿子在电台里听到父亲寻找自己的声音以后，终于出来说话了，然而他不愿意暴露自己，他只是同意在网上和记者进行一次对话。他正在承受巨大的压力，穷困的处境使他无脸去见自己的父亲，他说他的脑子里一片空白。

在中国，这只是千万个卖血故事中的一个。《许三观卖血记》出版六年或者七年后，我曾在网上搜索，那时候就可以找到一万多条关于卖血的报道。卖血在很多地方成为穷人们的生存方式，于是出现了一个又一个的卖血村,那些村庄里几乎每个家庭都在卖血。卖血又带来了艾滋病的交叉感染,一些卖血村成为了艾滋病村。一位名叫李孝清的四川农民卖血三十年,感染艾滋病后在二〇〇一年十二月去世。李孝清是第一位勇敢面对媒体的艾滋病患者,他在生前就为自己准备了寿衣,曾经四次穿上寿衣躺到他的竹床上,前三次他都活过来了,第四次他才真正死去。他死后,贫穷的儿子们还是用三百五十元一天的价格请来了三个民间吹鼓手,在他的遗体前吹吹打打。

我知道是中国的历史和现实养育了我的写作,给了我写作时的身体、写作时的手、写作时的心跳。而文学给了我写作时的眼睛,让我在曲折的事件和惊人的现实那里,可以看到更为深入和更为持久的事物。就像在这个卖血供儿子读书的故事里,文学的眼睛看到了什么?我相信是那位父亲每次都要走上三个多小时的路途去拨打那个不存在的电话号码,正是这样的细节让文学在现实生活和历史事件里脱颖而出;同样在李孝清的命运里,文学的眼睛会为他四次穿上寿衣而湿润。这就是为什么生活和事件总是转瞬即逝,而文学却是历久弥新。我希望《许三观卖血记》就是一部这样的小说。

二〇〇二年四月二十七日

一本有声音的书

《许三观卖血记》一九九五年发表在中国的《收获》杂志上，一九九九年在韩国出版，至今已经翻译成三十四种语言，与《活着》一样，韩国是最早出版这部小说的国家之一。

这部小说的译者，我的朋友崔容晚先生当时在北京大学读研究生，绿林出版社请他找到我，签署《活着》的出版合同。我还记得当时的情景，在我家里，崔容晚一只手拿着已经签署的《活着》合同，另一只手拿着刊载《许三观卖血记》的《收获》杂志，对我说，趁着在韩国的那些汉学家还不知道这部小说，他要抓住机会把它翻译出来。他需要得到我的同意，我当时看着这个年轻人，心想这小子是做翻译的料吗？我问他，你的文字能力怎么样？他自信地说，非常好。我又问他，你读中学时写的作文有没有得到老师表扬？他开始吹牛了，说他中学时的作文写得比老师还好。然后他说自己做过音乐，他有能力把《许三观卖血记》的民谣风格翻译出来。这句话打动了我，我同意他的翻译请求。后来的事实证明我是对的，崔容晚是一位优秀的翻译家，他没有吹牛，他的文字表达能力很强，《许三观卖血记》在韩国出版后，崔容晚的译文得到很多的好评。

与《活着》一样，我也是第四次为《许三观卖血记》韩文版写自序，也是不知道应该说些什么，为此我去豆瓣，一个在中国广受欢迎的网站，很多人聚集在那里讨论艺术、电影、电视和图书等，很多人也在那里发表创作出来的不同类型的作品。我去豆瓣是想看看，《许三观卖血记》在中国出版二十八年后，今天读者的评论。我注意到一个来自黑龙江的网名叫Amy的读者朋友写下的一段评论，这位读者朋友就是今天写下的，评论显示的时间是二〇二三年八月九日00：11，距离此刻十五个小时二十五分钟，这位读者朋友是这样评论的："一本有声音的书——从一开始的嘈杂，到逐渐安静的尾声。一个简单的故事，但阅读的过程中，心中总会忍不住感慨：生活在那个年代真好，现在的生活真好。"

Amy最后这句话让我这个作者感慨了，《许三观卖血记》描述的是一个物质匮乏的时代，但是Amy在阅读中感受到了生活的美好，这样的美好感受又延伸到了现在这个物质丰富的时代。一部小说能够让读者同时感受过去生活和现在生活的美好，作为作者的我深感欣慰，我知道《许三观卖血记》传达出来的信号很多，这个虽然只是众多信号中的一个，但是很重要，因为生活中的美好往往与贫穷和富贵无关，或者说不是由贫穷和富贵来衡量的。

二〇二三年八月九日

在细雨中呼喊

我怀疑自己的现实是否正在被虚构

作者的自序通常是一次约会,在漫漫记忆里去确定那些转瞬即逝的地点,与曾经出现过的叙述约会,或者说与自己的过去约会。本篇序言也不例外,于是它首先成为了时间的约会,是一九九八年与一九九一年的约会;然后,也是本书作者与书中人物的约会。我们看到,在语言里现实和虚构难以分辨,而时间的距离则像目光一样简短,七年之间就如隔桌而坐。

就这样,我和一个家庭再次相遇,和他们的所见所闻再次相遇,也和他们的欢乐痛苦再次相遇。我感到自己正在逐渐地加入到他们的生活之中,有时候我幸运地听到了他们内心的声音,他们的叹息喊叫,他们的哭泣之声和他们的微笑。接下来,我就会获得应有的权利,去重新理解他们的命运的权利,去理解柔弱的母亲如何完成了自己忍受的一生,她唯一爆发出来的愤怒是在弥留之际;去理解那个名叫孙广才的父亲又是如何骄傲地将自己培养成一名彻头彻尾的无赖,他对待自己的父亲和对待自己的儿子,就像对待自己的绊脚石,他随时都准备着踢开他们,他在妻子生前就已经和另外的女人同居，可是在妻子死后，在死亡逐渐靠近他的时候，他不断地被黑夜指引到了亡妻的坟前，不断地哭泣着。孙广才的父亲孙有元，他的一生过于漫长，漫长到自己都难以忍受，可是他的幽默总是大于悲伤。还有孙光平、孙光林和孙光明，三兄弟的道路只是短暂地有过重叠，随即就叉向了各自的方向。孙光平以最平庸的方式长大成人，他让父亲孙广才胆战心惊；而孙光林，作为故事叙述的出发和回归者，他拥有了更多的经历，因此他的眼睛也记录了更多的命运；孙光明第一个走向了死亡，这个家庭中最小的成员最先完成了人世间的使命，被河水淹没，当他最后一次挣扎着露出水面时，他睁大眼睛直视了耀眼的太阳。七年前我写下了这一笔，当初我坚信他可以直视太阳，因为这是他最后的目光；现在我仍然这样坚信，因为他付出的代价是死亡。

　　七年前我写下了他们，七年来他们不断在我眼前出现，我回忆他们，就像回忆自己生活中的朋友，随着时间的流逝，他们的容颜并没有消退，反而在日积月累里更加清晰，同时也更加真实可信。现在我不仅可以在回忆中看见他们，我还时常会听到他们现实的脚步声，他们向我走来，走上了楼梯，敲响了我的屋门。这逐渐成为了我不安的开始，当我虚构的人物越来越真实时，我忍不住会去怀疑自己真正的现实是否正在被虚构。

一九九八年十月十一日

去倾听电话另一端往事的发言

完成于七年前的这本书,使我的记忆恢复了往日的激情。我再次去阅读自己的语言,比现在年轻得多的语言,那些充满了勇气和自信的语言,那些貌似叙述统治者的语言,那些试图以一个句子终结一个事物的语言,感染了今天的我,其节奏就像是竹子在燃烧时发出的"噼啪"声。

我想,这应该是一本关于记忆的书。它的结构来自于对时间的感受,确切地说是对已知时间的感受,也就是记忆中的时间。这本书试图表达人们在面对过去时,比面对未来更有信心。因为未来充满了冒险,充满了不可战胜的神秘,只有当这些结束以后,惊奇和恐惧也就转化成了幽默和甜蜜。这就是人们为什么如此热爱回忆的理由,如同流动的河水,在不同民族的不同语言里永久和宽广地荡漾着,支撑着我们的生活和阅读。

因为当人们无法选择自己的未来时,就会珍惜自己选择过去的权利。回忆的动人之处就在于可以重新选择,可以将那些毫无关联的往事重新组合起来，从而获得了全新的过去，而且还可以不断地更换自己的组合，以求获得不一样的经历。当一个人独自坐在公园的长椅上，在日落时让嘴角露出一丝微笑，他孤独的形象似乎值得同情，然而谁又能体会到他此刻的美妙旅程？他正坐在回忆的马车里，他的生活重新开始了，而且这一次的生活是他自己精心挑选的。

　　七年前的写作出于同样的理由。"记忆的逻辑"，我当时这样认为自己的结构，时间成为了碎片，并且以光的速度来回闪现，因为在全部的叙述里，始终贯穿着"今天的立场"，也就是重新排列记忆的统治者。我曾经赋予自己左右过去的特权，我的写作就像是不断地拿起电话，然后不断地拨出一个个没有顺序的日期，去倾听电话另一端往事的发言。

一九九八年八月九日

当漫漫的人生走向尾声的时候

饱尝了人生绵延不绝的祸福、恩怨和悲喜之后,风烛残年的陆游写下了这样的诗句:老去已忘天下事,梦中犹见牡丹花。生活在公元前的贺拉斯说:我们的财产,一件件被流逝的岁月抢走。

人们通常的见解是,在人生的旅途上走得越是长久,得到的财富也将越多。陆游和贺拉斯却暗示了我们反向的存在,那就是岁月抢走了我们一件件的财产,最后是两手空空,已忘天下事,只能是"犹见"牡丹花,还不是"已见",而且是在虚无的梦中。

古希腊人认为每个人的体内都有一种维持生机的气质,这种气质名叫"和谐"。当陆游沦陷在悲凉和无可奈何的晚年之中,时隐时现的牡丹花让我们读到了脱颖而出的喜悦,这似乎就是维持生机的"和谐"。

我想这应该就是记忆。当漫漫的人生长途走向尾声的时候,财富荣耀也成身外之物,记忆却显得极为珍贵。一个偶然被唤醒的记忆,就像是小小的牡丹花一样,可以覆盖浩浩荡荡的天下事。

于是这个世界上出现了众多表达记忆或者用记忆来表达的书籍。我虽然才力上捉襟见肘，也写下过一本被记忆贯穿起来的书——《在细雨中呼喊》。我要说明的是，这虽然不是一部自传，里面却是云集了我童年和少年时期的感受和理解，当然这样的感受和理解是以记忆的方式得到了重温。

马塞尔·普鲁斯特在他那部像人生一样漫长的《追忆似水年华》里，有一段精美的描述。当他深夜在床上躺下来的时候，他的脸放到了枕头上，枕套的绸缎可能是穿越了丝绸之路，从中国运抵法国的。光滑的绸缎让普鲁斯特产生了清新和娇嫩的感受，然后唤醒了他对自己童年脸庞的记忆。他说他睡在枕头上时，仿佛是睡在自己童年的脸庞上。这样的记忆就是古希腊人所说的"和谐"，当普鲁斯特的呼吸因为肺病困扰变得断断续续时，对过去生活的记忆成为了维持他体内生机的气质，让他的生活在叙述里变得流畅和奇妙无比。

我现在努力回想，十二年前写作这部《在细雨中呼喊》的时候，我是不是时常枕在自己童年和少年的脸庞上？遗憾的是我已经想不起来了，我倒是在记忆深处唤醒了很多幸福的感受，也唤醒了很多辛酸的感受。

二〇〇三年五月二十六日

兄
弟

正确的出发都是走进窄门

五年前我开始写作一部望不到尽头的小说，那是一个世纪的叙述。二〇〇三年八月我去了美国，在美国东奔西跑了七个月。当我回到北京时，发现自己失去了漫长叙述的欲望，然后我开始写作这部《兄弟》。这是两个时代相遇以后出生的小说，前一个是"文革"中的故事，那是一个精神狂热、本能压抑和命运惨烈的时代，相当于欧洲的中世纪；后一个是现在的故事，那是一个伦理颠覆、浮躁纵欲和众生万象的时代，更甚于今天的欧洲。一个西方人活四百年才能经历这样两个天壤之别的时代，一个中国人只需四十年就经历了。四百年间的动荡万变浓缩在了四十年之中，这是弥足珍贵的经历。连结这两个时代的纽带就是这兄弟两人，他们的生活在裂变中裂变，他们的悲喜在爆发中爆发，他们的命运和这两个时代一样的天翻地覆，最终他们必须恩怨交集地自食其果。

起初我的构思是一部十万字左右的小说，可是叙述统治了我的写作,篇幅超过了四十万字。写作就是这样奇妙,从狭窄开始往往写出宽广,从宽广开始反而写出狭窄。这和人生一模一样,从一条宽广大路出发的人常常走投无路,从一条羊肠小道出发的人却能够走到遥远的天边。所以耶稣说:"你们要走窄门。"他告诫我们,"因为引到灭亡,那门是宽的,路是大的,去的人也多。引到永生,那门是窄的,路是小的,找着的人也少"。

我想无论是写作还是人生,正确的出发都是走进窄门。不要被宽阔的大门所迷惑,那里面的路没有多长。

二〇〇五年七月十一日

《兄弟》创作日记

二〇〇五年十月二十七日

我今天起关闭手机,真正开始修改《兄弟》下部。家里的电话九月中旬就不接听了,我那时就开始修改,可是一个多月来一直被各种事务纠缠,我已经无法回到《兄弟》上部出版前的安静之中了,这是一个教训,以后不能再分上、下两部出版了。我原来以为八月初就可以回到写作中,到了九月仍然没完没了,我强行截止和《兄弟》上部相关的一切活动,结果别的活动冒出来了。通过这一次,我明白了不能用过去的经验来想象今后的生活。今天我关闭了手机,觉得自己断开了和外界的接触,当然我不会断开这个博客,我现在需要这个博客来让自己感受到:我还在人间。

二〇〇五年十一月十五日

一些有关《兄弟》叙述语言的批评和你的一样，先是说一口气读完，后又说语言拖沓。我的费解就在这里：拖沓的语言如何让人一口气读完？我想这可能是对语言功能理解上的差别。我的理解是，文学作品的语言不是为了展示自身的存在，是为了表达叙述的力量和准确。用一个简单的比喻：文学叙述语言不是供人观赏的眼睛，长得美或者不美；文学叙述语言应该是目光，目光是为了看见了什么，不是为了展示自身，目光存在的价值就是"看见了"，叙述语言就像目光在生活的世界里寻找着什么，引导阅读进入到故事人物和思想情感之中。中国传统美学中的"烘云托月"，可以用来解释叙述语言的功能，就是画月亮的时候只画云彩，不画月亮，可是让人看到的只有月亮，没有云彩。在我看来，一部小说的叙述，尤其是在长篇小说的叙述里，语言应该功成身退。另外，下部是写现在的故事，我正在修改，你放心，我没有任何顾忌。

二〇〇六年三月十八日

我觉得可以谈论一下《兄弟》的语言了，因为下部就要出版。我想你已经注意到了上部中的一些流行语，这样的流行语在下部中会更多地出现。回顾自己过去的作品，我很少，或者说不敢使用流行语，生活式的流行语和政治式的流行语，那是因为我过去的叙述系统拒绝它们进入。写作的经验告诉我，叙述的纯洁和表达的丰富之间永远存在着对立，作家必须时刻做出取舍，是维护叙述，还是保障鲜活？有时候两者可以融为一体，有时候却是水火不容。通常意义上，寻找一个角度来叙述的小说，我称之为"角度小说"，往往可以舍弃其他，从而选择叙述的纯洁。可是正面叙述的小说，我称之为"正面小说"，就很难做到这样，这样的小说应该表达出某些时代的特征，这时候流行语就不可回避了。"角度小说"里的时代永远是背景，"正面小说"里的时代就是现场了。流行语的优点是它们总能迅速地表达出时代的某些特征，缺点是它们已经是陈词滥调。我在写作《兄弟》时，曾经对流行语的选择犹豫不决，后来迫不得已，只好破罐子破摔，大规模地使用起了流行语。为什么？二十多年的写作让我深知叙述是什么，如果小心翼翼地少量使用流行语，那么流行语在叙述里的效果就会像一颗老鼠屎坏了一锅粥一样，与其这样，还不如大规模地使用流行语，这叫虱子多了不怕咬。

二〇〇六年三月二十六日

严锋说我的《兄弟》写得非常放肆，我想他可能主要是指下部，我同意他的话。回顾自己过去的写作，我的每一部小说都是"收"回来叙述的，只有这部《兄弟》是"放"出去叙述的，尤其在下部。我想是自己经历的两个时代让我这样写作，我第一次知道正面去写作会带来什么，当时代的某些特征不再是背景，而是现场的时候，叙述就会不由自主地开放了。写作上部的时候，我就努力让自己的叙述放肆，可是被叙述的时代过于压抑，让我的叙述总是喘不过气来。到了下部，进入了今天这个时代，我的叙述终于可以真正放肆。为什么？是因为我们生活在一个放肆的时代里。比起我们现实的荒诞，《兄弟》里的荒诞实在算不了什么，我只是集中起来叙述而已。

二〇〇六年三月三十日

《兄弟》上部和下部的叙述差距，我想是来自于两个时代的差距。去年八月上部出版时，应责任编辑请求，我为封底写了一个后记，我说上部是"精神狂热、本能压抑和命运惨烈"，下部是"伦理颠覆、浮躁纵欲和众生万象"，我用了"天壤之别"这个成语来区分这两个时代，是希望上部和下部的叙述所表达出来的也能天壤之别，我不敢说自己已经做到了，不过上下两部确实不一样。我要说的是，天壤之别的两个时代在叙述中表现出来时，如果没有差距的话，应该是作者的失败。我非常同意严锋的话，他说：“我们今天最大的现实就是超现实。”

二〇〇六年四月十六日

《兄弟》下部正式出版快有一个月了，我没有想到它会引起这么多的争议。去年八月上部出版时已经出现的争议，现在也被下部带来的争议所稀释了。我原来以为读者对下部可能会有更多的认同，这毕竟是我们正在经历的一个时代，结果我发现自己错了，很多读者反而对上部更容易认同。现在我明白了一个道理，《兄弟》上部所处的时代，"文革"的时代已经结束和完成，对已经完成的时代，大家的认识容易趋向一致；而《兄弟》下部的时代，从八十年代一直到今天，是一个未完成的还在继续的时代，身处这样一个每天都在更新的时代里，地理位置和经济位置的不同，人生道路和生活方式的不同，以及诸如此类的更多的不同，都会导致极端不同的观点和感受。从社会形态来看，"文革"的时代其实是单纯的，而今天这个未完成的时代实在是纷繁复杂。

二〇〇六年四月十七日

为什么作家的想象力在现实面前常常苍白无力？我们所有的人说过的所有的话，都没有我们的历史和现实丰富。《兄弟》仅仅表达了我个人对这两个时代的某些正面的感受，还不是我全部的感受，我相信自己的感受是开放的和未完成的。即便我有能力写出了自己全部的感受，在这两个时代的丰富现实面前，就是九牛一毛的程度也不会达到。《兄弟》的出版，让我经受了写作生涯里最为猛烈的嘲讽，认真一想这是很正常的。很多年前，文学界的一些人常以自己的狭隘为荣，骄傲地宣称除了文学，不关心其他的。现在文学界这样的人仍然不少。去年《兄弟》上部出版时，一位女记者采访我时，我说到佘祥林的遭遇充分说明了我们生活在荒诞之中，可是这位女记者根本不知道差不多已经家喻户晓的佘祥林案件，我想她对化妆品的品牌和服装的品牌可能非常了解。过去的一个多月里，我几次说过，一个生活在今天的人，应该更多地关心别人的生活，尤其是关心素昧平生的人的生活，因为更多地关心别人的生活，才可以更多地了解自身的生活。同时我也几次说过，作为一个中国作家，我生活在一个千载难逢的时代里。我还说过艾略特的一行诗句："鸟说，人类不能忍受太多的真实。"

二〇〇六年四月二十一日

这部小说最先是用第一人称的叙述方式写的，而且是一个无赖的讲述。后来发现第一人称，那个无赖的"我"无法表达出更多的叙述，其实在上部宋凡平死后的叙述段落里，已经没有"我"

的空间了，到了下部也很难给"我"有立足之地，于是将叙述方式修改成了伪装的第三人称，可是由于语调已经形成，很难纠正过来，所以我用了"我们刘镇"，事实上我也不知道这个故事的讲述者究竟是谁。有时候是一个人，有时候是几个人，有时候是几百上千人，我能够知道的就是故事讲述的支点，这是从二〇〇五年开始讲述的故事，这样有利于流行语的大量使用。我的感受是，这个"我们刘镇"的讲述者玩世不恭，在下部的大部分篇幅里，这个"我们刘镇"都是狗嘴里吐不出象牙，几乎嘲讽了所有的人，只有在涉及宋钢的段落时，"我们刘镇"才有了怜悯之心。

二〇〇六年四月二十一日

虽然我写下了《兄弟》，可是我没有你这么悲观。纵观中国这一百年的历史，从社会形态来看，"文革"这个时代其实是这一百年里面最为单纯的，而今天这个时代是最为复杂的。"文革"是一个极端，今天又是另一个极端，一个极端压抑的时代在社会形态剧变之后，必然反弹出一个极端放荡的时代。我的预期是，今天这个时代的放荡和荒诞差不多应该见顶了，应该到了缓缓回落的时候了。我相信，或者更准确地说是我希望，接下去的十年或者二十年里，中国的社会形态会逐步地趋向于保守，趋向于温和，因为我们人人需要自救。

二〇〇六年五月十三日

这次的主题是"潘多拉的盒子被打开了"。这是我的一位朋友万之说《兄弟》的话，万之是中国八十年代初期重要的小说家，后来因为专业研究西方戏剧，以及漂泊海外和旅居瑞典之后，写作小说的时间越来越少。我和他十年没见了，这次在斯德哥尔摩朝夕相处了四天，他随身背着的黑包里放着我送给他的《兄弟》上部和下部，他间隙地读完了，他从网上知道这部小说引起的争议，他读完后告诉我，这部小说引起争议一点都不奇怪。他说我写作的胆子是越来越大，他有很多美妙的分析，我这里不再复述，也许有一天他自己会认真地说出来。他说为什么会有这么多人不喜欢《兄弟》的下部，是因为我在下部里叙述了一个潘多拉的盒子被打开后的时代。这句话让我为之一震，在斯德哥尔摩机场和万之挥手告别后，我继续在欧洲旅行，可是我每一天都会想起他的这句话。

今天这个时代，从种种社会弊病来看，可以说是群魔乱舞。我反思自己在这个潘多拉的盒子被打开后的时代里又是一个怎么样的角色？也许我也在乱舞，可能我只是一个区区小魔。很多人已经习惯在潘多拉的盒子被打开后的生活，可是有多少人愿意承认这个事实？我经历了《兄弟》上部和下部所叙述的两个时代，我明白了自己为什么会写出这么多的弊病，因为我也有一份。

从一个极端走向另一个极端

很久以来我一直想写这样一部作品，一部将极端的悲剧和极端的喜剧熔于一炉的作品。为什么？因为在这过去的四十多年，我们的生活就是从一个极端走向了另一个极端。

这部作品在中国出版以后，引起了极大的争议。有趣的是，就像我在这部作品里写下的两个极端的时代一样，赞扬和批评的声音也形成了两个极端，有人说这是一部伟大的作品，也有人说这是一部垃圾小说。中国的媒体对一部虚构的作品议论纷纷，确实令我吃惊，而且西方的媒体也介入进来，《法兰克福汇报》认为这部作品表达了"巨大欲望的时代"，《纽约时报》则认为我写下了"精神错乱的中国画面"。

我知道自己写下了一部冒犯人们审美习惯和道德观念的作品。当越来越多的人习惯了优雅才是文学的风格时，我却要告诉他们：粗俗也同样是文学的风格；当越来越多的人认为他们的生活应该由时装店和咖啡馆组成时，我却要让他们看到：不堪入目的画面比时装店和咖啡馆更加普遍；当越来越多的人学会了如何掩饰自己时，我却开始了活生生或者说是赤裸裸的写作……我觉得自己的写作很像是一台没有被定时的闹钟，在一些人刚刚进入美梦的时候，突然铃声大作。

这部作品就是《兄弟》，它分为上部和下部。从叙述的基调来看，上部是悲剧，下部是喜剧。我的写作是这样的：在上部作为悲剧的旋律里，我写下了很多喜剧的音节；而在下部作为喜剧的旋律里，我则让悲剧的音符跳跃不止。这是因为我希望自己在写下一个大悲大喜的故事的同时，也写下了一个悲喜交集的故事。

一部作品一旦完成并且出版，那么作者也就失去了对它的控制，好比是一个孩子长大后开始了独立的生活。没有一对父母可以替代孩子的生活，同样的道理，也没有一个作者可以掌握一部作品出版后的命运，如果说每一个人都有自己的人生道路，那么每一部作品也同样有它自己的人生道路，而且在不同的环境里，它会遭遇不同的经历。现在《兄弟》来到了日本，如果你们遇到了它，并且通过阅读了解了它，那么它在日本的人生道路也就正式开始了。

感谢泉京鹿小姐，她在经历将近两年时间的又哭又笑的翻译之后，成功地捍卫了自己的健康。感谢文艺春秋和田中贵久先生，他们接受了这部情绪失控的作品。尤其是田中贵久先生，作为《兄弟》日文版的编辑,他的敬业精神和他对作品的尊重,令我难忘。

二〇〇八年三月七日

第七天

《第七天》之后

作家如何叙述现实是没有方程式的,是近还是远完全取决于作家的不同和写作的不同,不同的作家写出来的现实不同,同一个作家在不同时期写下的现实也不一样,但是必须要有距离。在《第七天》里,用一个死者世界的角度来描写现实世界,这是我的叙述距离。《第七天》是我距离现实最近的一次写作,以后可能不会这么近了,因为我觉得不会再找到这样既近又远的方式。

一直以来,在《兄弟》之前,我就有一种欲望,将我们生活中看似荒诞其实真实的故事集中写出来,同时又要控制篇幅。用五十万字或者一百万字去写会容易很多,虽然会消耗时间和体力,但是不会对我形成挑战,只有用不长的篇幅表达出来才是挑战。我找到了七天的方式,让一位刚刚死去的人进入另一个世界,让现实世界像倒影一样密密麻麻地出现,身影十分清晰。我也借助了《创世记》的开篇方式,当然中国有头七的说法,但是我在写的时候脑子里全是《创世记》,一是因为《创世记》描述了一个世界的开始，这是我需要的，头七的说法没有这样宽广；二是因为《创世记》的方式比头七更有诗意。至于题目不是"七日"而是"第七天"有两个原因，首先作为书名，"第七天"比"七日"好；第二个原因是，我这次是反过来的，写到第七天"死无葬身之地"才是故事的开始，但这个开始又是传统意义上小说的结尾。为什么找到这样一个死亡的角度呢？可能写作时间越长，野心越大，风险也越大。

我一九九六年开始写《兄弟》，在当年来看，当时的中国和"文革"时变化大得已经难以想象，而二〇一二年和一三年比〇五年、〇六年更加荒诞，难以想象的现实都在发生，最后大家都慢慢习惯了。〇六年写完《兄弟》下部的时候，有人说小说是虚假的，现在没有一个人这样认为，这次我写的全是熟悉的事情，又有很多人说是瞎编的。我就是想在不大的篇幅里，寻找一些具有这个时代标志性的事情，把今天的中国放进去。所谓的社会事件，现实里荒诞的东西，我其实写得很少，因为进入某种叙述的时候，要按照叙述语境来。除了"我"和"我"父亲杨金彪、"我"和李青的描写以外，真正涉及到现实事件的笔墨，占的篇幅并不大。现实世界的东西对我来说是倒影，而不是重点。

我在写小说的时候可能有一种心理疾病，一段话写得不满意就写不下去。在《兄弟》之前我就把开头写完了，我认为写得很精彩。为什么搁了一段时间呢？就是没有殡仪馆的那个电话："你迟到了，你还想不想烧？"缺少这么一个细节，让杨飞直接通过浓雾进入候烧大厅，我感觉进入得太快，是有问题的，这个细节让我耽搁了近两年。突然有一天早晨醒来，脑子里冒出让殡仪馆的人给他打电话，而且打两次。还有地质塌陷那个细节，是后来加进去的。初稿写完我突然发现李月珍和二十七个死婴在一个月光明媚的晚上，自己走出太平间去了死无葬身之地，总觉得哪里不对，因为杨飞去死无葬身之地，是以他的方式遇到鼠妹，鼠妹把他带去；他父亲去又是另一种去法。突然有一天又看到地质塌陷的新闻，我心想怎么把这个给忘了，一次塌陷刚好让太平间陷下去，震起来以后李月珍从太平间回去看她的丈夫、女儿，包括杨飞。有了地质塌陷，这个细节就变得合理了，哪怕是荒诞性方面也变得合理了，如果没有这段，我觉得不够。所谓荒诞小说，必须要注意细节的真实，这是一个前提。比如给鼠妹净身的时候，骨骼的手没有皮肉，怎么捧水呢？只能采一片树叶，骨骼的手里捧着树叶，树叶里面是水。有时为了解决问题，再多写一点细节会更优美。

荒诞小说和写实小说最大的区别在于它们和现实的关系，写实小说走的是康庄大道，荒诞小说是抄近路，是为了更快而不是慢慢地抵达现实。我认为只有用这种方式才能把我们时代中那么多荒诞的事情集中起来。用《许三观卖血记》或者《活着》的方式，只能写一件事情。而我对新闻不是那么热衷，没有兴趣集中精力写一个人上访或拆迁。那当年为什么写《许三观卖血记》？因为卖血只是一个由头，我主要是写他们的生活，这是吸引我的地方。当我写《第七天》的时候，有一种很强烈的感觉，我是把现实世界作为倒影来写的，其实重点不在现实世界，是在死亡的世界。

我们的生活是由很多因素构成的，发生在自己和亲友身上的事，发生在自己居住地的事，发生在新闻里听到看到的事等等，它们包围了我们，不需要去收集，因为它们每天都是活生生跑到我们跟前来，除非视而不见，否则想躲都无法躲开。我写下的是我们的生活。

我发现有些人关注现实，是看电视或者网络才知道的。《许三观卖血记》出版两年以后，河南的艾滋村事件才被媒体曝光，而我写的卖血在中国已经存在半个世纪。再比如弃婴事件，我在医院长大的，八十年代计划生育时就见过很多，只不过现在慢慢被媒体曝光，其实存在也已经有快半个世纪。强拆事件起码有二十年了，从有房地产开始。这些事件都在我们现实生活中存在了很长时间，不是说媒体不报就没有这回事。今日中国的现实常常以荒诞的面貌出现。一位叫陈砚书的网友到我的微博上说："《第七天》争议大的根源是民众对荒诞的司空见惯，习以为常，乃至见怪不怪，对荒诞的纵容使荒诞化为平常。"我觉得他说得很好。

《兄弟》之后我写过散文集《十个词汇里的中国》，出英文版时遇到金融危机,又正逢兰登集团合并,英文编辑遇到一系列的问题,拿到译稿两年后的二〇一一年才出版。当时他提出更新一下数据,因为很多事例都太旧了。我再看以后,发现几乎所有数据都有巨大的变化。我们老说文学高于现实,那是骗人的,八十年代末我写过关于威廉·福克纳的文章,威廉·福克纳证明文学高于现实是不可能的,在那个时代的作家都做不到,更不要说我们今天这个时代。

表达现实的文学意义在哪里?我用一个谁都不愿意去的地方、用"死无葬身之地"来表达的,用这样一个角度来写我们的现实世界。如果采用另一个方法,像《2666》第五章"罪行"那样把发生在拉美一个小城市的一百多起奸杀案全部罗列出来,篇幅会比现在还长。如果我不是从"死无葬身之地",而是采用波拉尼奥的方式来写现实世界,可能真的没有文学意义了。这是我写这部小说的初衷。

马尔克斯在《百年孤独》里写了很多当时哥伦比亚报纸上的事件和话题,他说走到街上,就有读者对他说:你写得太真实了。《第七天》不能和《百年孤独》比,马尔克斯写下的是一百年的孤独,只用了二十多万字,我只是写下七天的孤独,就花费了十三万字。我深感惭愧。

其实这部小说写了好多年,《兄弟》之后就搁在那里了。这么慢的一个原因是,我总是落在现实后面,但我的慢也可能是一种幸运。我不知道自己的写作为什么总是卡住，我可以找到自己的时间被切碎的理由，总有很多事来打断我的写作。但是时间被切碎不是理由，我的缺点是很不勤奋，兴趣太多，总是被别的什么吸引过去。朋友劝我别到处跑了，趁着现在身体还行，多写几部小说，将来身体不行了，就写不动了。我说，将来身体不行了，我也跑不动了。作为一个作家，我知道自己这方面的缺点已经到了无可救药的地步。我同时在写五六部小说，还不包括脑子里转了十年以上的构思。

　　小说的叙述语言不应是作家自作主张，应该是由小说本身的叙述特征来决定的。我写《兄弟》有时候故意追求语言的粗俗，因为需要粗俗，如果李光头说文雅的话，那肯定不是李光头了。而有人批评《第七天》的语言怎么苍白、枯燥无味、白开水一样，这是我没有想到的。这部小说的语言我非常讲究，修改了一遍又一遍，尤其到一校、二校的时候，改动的全是语言。《第七天》里的三段，第一段是送鼠妹去殡仪馆，鼠妹大段地讲述她和伍超；第二段是杨飞和父亲在殡仪馆里见面；最后一段是他回到死无葬身之地的路上遇到伍超，伍超大段的讲述。这三段没有办法用简洁的语言。因为这是一个从死者角度叙述的故事，语言应该是节制和冷淡的，不能用活人那种生机勃勃的语气。讲到现实的部分，也就是活着世界里的往事时，语言才可以加上一些温度。我写的时候感到现实世界的冷酷，写得很狠，所以我需要温暖的部分，需要至善的部分，给予自己希望，也给予读者希望。现实世界令人绝望之后，我写下了一个美好的死者世界。这个世界不是乌托邦，不是世外桃源，但是十分美好。

文城

小美是这部作品的心跳

《文城》是一段传奇，说到传奇，人们通常的理解是情节离奇和人物行为不寻常的故事，我感觉中的《文城》是这样又不是这样，《文城》的情节应该是曲折而不是离奇，如果认为人物行为不寻常，这是今天的观点，在那个遥远的年代，《文城》里的人物别无选择，他们的行为只能如此。当时的社会形态和习俗规则制约了他们，也塑造了他们。

这个故事我断断续续写了二十一年，故事里的地理距离也是漫长的，从北方千里迢迢写到南方，又从南方千里迢迢写到北方。在中国，有读者认为这是一个残酷与温情共存的故事，我所写的是清末民初军阀混战之下的匪祸泛滥时期，里面的残酷场面惨不忍睹，里面的忠诚、友谊与爱让人落泪。

我希望日本读者关心小美这个人物，这是一个我没有在文学作品中读到过的女性形象，自然也是我没有写到过的。小美是这部作品的心跳，没有小美的话，不会出现《文城》。小美同时爱着两个男人，她因此不得安宁。她是一个充满矛盾的女性，她似乎被两个极端所左右，她为什么会这样？我一直在努力理解她，在理解人性的时候也要理解社会性，小美身上显示出来的既是人性的也是社会性的，她没有被迫去做那样的事，相反她是主动去做，这时候社会性出现在人性里了，她身处一个旧时代的社会环境里，她情感的反应和行为的反应都是不由自主的，也是顺理成章的，这是她的悲剧，她是分裂的，她的分裂也是不由自主的。如果小美有原型的话，我们可以去旧时代寻找，因为是那个时代的社会规则塑造了她，我们也可以去今天的时代寻找，因为人性里有一些内容是恒久不变的，时代的不同可能会改变它们的表现方式，但是不会删除它们。简单说，小美做了什么以后，我们关心的不应该只是她做了什么，更应该去关心她为什么会这么做，这是文学的兴趣所在。

感谢饭冢容教授翻译了这本书，感谢中央公论新社出版了这本书，感谢日本的读者，如果你读完了这本书，并且感到里面有些人物在日本的历史中和此刻的现实生活中似曾相识，那么意味着你与我之间，读者与作者之间签订了一个协议，一个对于人的理解的协议。

二〇二二年七月三十一日

每个人心中都有一座文城

"每个人心中都有一座文城",这句话不是我说的,是中国读者说的,有一位读者首先说了出来,很多读者跟着说了,于是最初的声音消失在众人的声音里,那位最早说出这句话的读者与文城一样了,文城是找不到的城镇,他或者她是找不到的读者。

这就是共鸣,呼吸与呼吸的共鸣,心跳与心跳的共鸣,眼神与眼神的共鸣,也就是人与人的共鸣,即使远隔千山万水,也会因此近在眼前。

我们中间不少人有过这样的经历,坐在公园的长椅上,沐浴午后的阳光,有自行车骑过去,有脚步走过来,有情侣窃窃私语,有孩子大声喊叫,接着我们看到有人安静地坐在对面的长椅里阅读小说,阅读者脸上的微笑让我们的好奇心蠢蠢欲动,我们忍不住去想,是什么样的情节和细节让阅读者如此愉快?还有,我们坐在晚上的图书馆里,室内明亮的灯光让窗外的路灯显得暗淡和朦胧,川流不息的声响挡在外面,不是墙壁和窗户挡住的,挡住声响的是我们的阅读。我们沉浸在阅读里，读到感动落泪的章节时，突然发现书页上有泪珠枯干后的痕迹，感动与感动就是这样相遇，相遇之后让我们心里瞬间涌上温暖，我们想知道这位很久之前留下泪珠的读者是谁，我们想找到，但是我们不会知道，也不会找到。

这就是《文城》想要表达的，我们想知道微笑的起因，想找到泪珠的主人，可是我们不会知道，也不会找到。这个世界有太多的我们想知道而无法知道，想找到而无法找到，然后我们在自己的想象里去寻找、去猜测、去拼凑。

《文城》是一个乱世传奇故事，时代背景是中国的清末民初。韩国的读者也许不太了解中国的这段历史，请让我告诉你们这段历史里韩国发生了什么。中国签订了耻辱的割地赔款的《马关条约》后，清朝放弃了对朝鲜这个地缘联系和经济联系最为紧密国家的掌控，然而朝鲜并没有成为独立自主国家，日本控制了朝鲜。日本在日俄战争胜出后，强迫朝鲜（大韩帝国）签订了三次《日韩协约》，日本因此完全掌控了朝鲜的内政和外交，三年后直接吞并朝鲜，签订了《日韩合并条约》。

我想知道，处于乱世之中的大韩帝国是否也有《文城》这样的故事？

二〇二二年九月二十六日

《文城》回答

我看到一些关于《文城》的解读，觉得很有意思，我期待各色各样的解读，赞扬的和批评的，严肃的和风趣的，认真的和调侃的，我都期待。对于作家来说，一部作品的完成只是写作上的完成，真正的完成应该是阅读上的完成，出版以后到了读者那里，不同的读者会有不同的解读，读者会带着自己认知世界的方式、自己的阅读经历和生活经验去读一本书，读者的每一次阅读都是对作品的一次完成，不同的读者完成作品的方式也会不同，所以一部文学作品即使有了千万次的完成，仍然是没有完成，仍然是在完成过程中，当然有一个前提，就是这部作品仍然有人在读，如果没有人读了，那么真的就完成了。我想，不少作家都希望出版以后的作品一直处于有待于完成中。

这部书我写了二十一年，最先出现在构思中的人物是三个，林祥福、小美和阿强，不断往下写的时候，困难的是小美，把她往坏里写相对容易，把她往好里写就不容易了。就像你说的，小美是一个充满矛盾的女性，她被两个极端所左右，她同时爱上两个男人，与林祥福在一起时她牵挂阿强，与阿强在一起时她牵挂林祥福和女儿，她因此不得安宁。如果说林祥福、陈永良、顾益民、田氏兄弟、阿强、"和尚"这些男性形象是这部作品的呼吸的话，小美是这部作品的心跳，没有小美的话，不会有《文城》。

我理解中的小美大致是这样：她的生命是在五四运动前夜戛然而止，假如我改变叙述时间，让她经历五四运动的时代，也不会有什么太大不同，新青年们和娜拉们只会出现在北京上海这样的大地方，不会出现在溪镇，对于女性来说，溪镇依然是"三纲五常"的地盘。当然五四运动影响到了溪镇，比如新式教育的兴起，邻近的沈店有了寄宿学校，那是林百家的命运了。但是把小美理解为一个时代结束前的破坏式的预言，我也认同，因为小美不是她所属时代的循规蹈矩者，《文城》里的其他人物都是时代的循规蹈矩者，包括悍匪张一斧，他们都是那个时代的必然产物，只有小美不是，她是那个时代的出格者，而且她有着新青年和娜拉的勇气，还有果断，如果她生活在上海，很可能认识陈独秀，可惜她生活在溪镇。

我有几个同学的母亲就是童养媳；说到织补，有一次我坐在凳子上，起身时凳面冒出来的钉子把裤子拉出一条口子，就送到织补那里，当然那里的手艺远不如小美，补完后裤子上出现了一条蜈蚣的形状；当时我们镇上有几家不同的小店，既卖货也能做些其他的活，我们家里的碗掉到地上碎成几片后，不会扔掉，而是送到小店用胶水补上，又能用上几年。

二十多年前，我查阅了很多资料，做了一些笔记，这个对我写作《文城》帮助很大，尤其是笔记，虽然记下的不多，但是重要，因为这部书写了二十多年，我开始写的时候不再查看资料了，只看笔记，中间又停下几次，一停就是几年，之后每次重新拿起来写的时候，都是依靠笔记恢复感觉，恢复对过去时代的感觉和对正在写作中的感觉。当初查阅资料时感到了集中，现实生活不是这样的，但是到了资料里就集中起来了，比如我查阅自然灾害时，读到的是一个又一个灾害，错觉因此出现了，好像过去时代里每天都是灾害。我认为文学作品也应该集中，所以《文城》开头就出现了三次自然灾害，关于土匪的野蛮凶残也是集中写出来的效果，这个对我不难，八十年代我的写作里有很多血腥暴力的描写。

从叙述的角度，困难的应该是如何把握对话，对于那个时代的物质环境我不陌生，我小时候的环境差不多就是那样，中国城镇面貌的巨变是从九十年代开始的，风土人情和生活习惯也是我熟悉的，这是我们的传统，服装不一样，交通工具不一样，这个容易，查一下资料，看一些图片就知道了，但是对话，那个时代的人怎么说话曾经是个难题，为此我重读了一部分现代文学作品中的对话，鲁迅、茅盾和巴金他们作品中的对话，只读对话部分，不读描述部分，对我有帮助，我发现只要更换一些词汇，他们笔下的对话就可以变成今天的对话，我的写作因此自由了，我不用去把鲁迅他们的那些特定词汇找回来，烘托旧时代氛围的方法有不少，在叙述里可以轻松做到，无需僵化的模仿，我只要保证不让有今天时代感的词汇进入对话就可以。

通常意义上的悲剧人物都是悲剧收场，莎士比亚的《奥赛罗》，鲁迅的《祝福》等。有所不同的是，奥赛罗的悲剧是结尾定性的，祥林嫂的悲剧开篇就出现了，结尾强调了悲剧。《活着》里的福贵经历了苦难的一生，但是他很乐观，他孤苦伶仃时仍然为自己曾经有过世上最好的妻子和最好的子女而欣慰，结尾的时候我们还能听到他的歌声。如何定义悲剧人物，只看人物的悲剧性经历是不够的，要看人物是如何对待自己的悲剧性经历，福贵能够从人生的悲伤里找到人生的欢乐，所以他不是悲剧人物，况且他活得比别人都要长久。《文城》里的林祥福可能符合悲剧人物的特征，他没有找到小美，又在兵荒马乱里突然死去，临终之眼还看见了女儿林百家在上海中西女塾的走廊上走来。福贵和林祥福有一点是一样的，他们都是命运之河里的随波逐流者，他们都在诠释一位古希腊人的话：命运的看法比我们更准确。

在一部作品里残酷与温情共存，既可以通过不同的人物表现出来，《文城》里的两个土匪，张一斧与"和尚"，就是对立的两面；也可以通过同一个人物表现出来，小美和婆婆，她们两个身上有着两面性或者多面性，这里暂且不说小美，说说婆婆，我在写到她临终前喊叫小美名字的章节时落泪了，那一刻我感到理解她了，理解了这个旧时代的女人。这对作家很重要，人物与作家的关系与现实生活中一样，是一个互相熟悉的过程，作家要让人物逐渐熟悉自己，怎么做？就是不断地去理解这个人物，人物做了什么？为什么这样做？作家不能以自己的道德观和价值观去要求人物，作家应该是一个尾随者，尾随人物走向自己想去的地方，然后作家突然感到理解人物了，写着写着的时候突然感到了，这个时候意味着人物也熟悉作家了。

我写《文城》的时候没有意识到南方和北方的关系，二十多年来连念头闪过也没有，直到《文城》出版，程永新提醒我这个南北关系，他知道我父亲是山东人，母亲是浙江人，当然也知道我在南方生活了三十年，在北方生活了三十年，我因此有了恍然大悟的感觉，应该是潜意识的作用，把我身上混合的南北因素激发了出来。现在，我在北方生活的日子已经比南方多了，但是我觉得自己还是南方人，当我在日常生活里无所事事的时候，我也许是北方人，我早就习惯北京的气候和生活方式，可是当我构思和写作的时候，我会意识到自己是南方人，我自然而然会把人物和故事的场景放到南方去，这让我会有一种踏实的感觉。

我想这是我在南方成长的经历决定的,这是根深蒂固的,不会改变的。

小美和阿强在雪中死去是第一个方案,这个章节二十年前就写下了,后来有过其他两个方案,第一个是他们两人没有回到溪镇,在另外一个小城里生活下去,过了十多年他们回到溪镇,之后知道了林祥福生前在溪镇的经历,也见到了林百家,但是小美不敢与女儿相认,这个方案后来放弃了,另一个方案是林祥福找到了小美,小美经历了内心和情感的煎熬后还是跟阿强走了,这个方案后来也放弃了,定稿时回到了第一个方案。这第二个和第三个方案都是成立的,为什么定稿时选择第一个方案,这里说不清楚,只有作者的感觉知道。通观全文,第一方案未必是最好的,但却是最合适的,另外两个方案会让已经成型的故事和叙述出现不少破绽,需要去修补,而修补的过程很可能是越描越黑。当然,这也是我长期以来的写作方式,我不会在写作时去追求所谓最好的,而是追求最合适最准确的。

首先是写作的角度,一部作品是什么样的,这是由作家的写作风格与题材特征共同制定的,《文城》是清末民初的故事,就要遵从那个时候的准则,当然作家应该把自己的东西加入进去,但是要在这个准则允许的范围里,小美身上体现了我所说的来自作者的东西,也许只有在那个时代,小美才会在两个男人之间如此艰难,我抓住了这个机会,刻画出了小美,在今天即使有小美这样的处境,也不会有小美这样的艰难了。第二是先锋与传统的关系,这两者不是对立的,先锋性也好,或者说是现代性也好,最后都是传统的一部分,先锋性现代性只是传统自我更新时的一系列活动,活动结束之后就是传统了,卡夫卡、毕加索、巴托克,他们现在都是传统的一部分。

我已经习惯争议了,我会认真去看去听读者的意见,尤其是对待批评,但是我有自己的原则,批评是否温和是否刺耳不重要,重要的是我会得到一些提醒,虽然并不多,但是看到听到后我会珍视,会在以后的写作里注意这些。我心目中理想的读者应该是怀着空白之心去阅读一本书,不要把自己的东西强加到一本书里去,而是去发现这本书带来的之前所忽略的认识和感受。读书是为了获得,不是为了失去。

我们这一代作家作品中的社会性和时代感比较突出,可能是我们经历了两个截然不同的时代,社会的变化和时代的转换直接影响了我们的人生态度和世界观,自然也影响了我们的写作。别的作家我不知道,我自己没有"为时代赋形,为时代代言"的抱负,我只是努力写出一个个活生生的人物,这些人物生活在什么样的社会环境里,或者说生活在什么样的时代里,这是无法回避的,我必须去写,为了人物和故事去写社会,去写时代,而不是为了社会和时代去写人物和故事。另一方面,社会和时代对写作的影响是无孔不入的,即使我正在写的是过去的生活,正在发生的生活也会影响我的写作。比如我正在续写的小说，是《兄弟》之后开始写的，写了一半放在那里，现在重新拿起来，里面有一个女性人物叫阳红梅，我一直认为这个名字不错，符合这个六十年代出生的女性，可是我连着做了六次核酸后，看着这个"阳"姓就不顺眼了，我改成阴红梅后，感觉立刻顺畅了。

对文学来说，没有一个时代是旧的，没有一个题材是过时的。《文城》只是我作品中的一部，不是最后一部，我只是想写写《活着》之前的故事，只是想把二十世纪都写到（这算是我的野心）。《文城》出版后，我听到了这样的声音，说我离开了当下现实，进入了写作的安全区域。我说下一部小说就会回到当下，《文城》在《兄弟》和《第七天》之前就动笔了，只是一直没有写完。对作家来说，没有一个题材在写作上是在安全区域，表现当下有风险，因为当下还没有形成共识，人们各抒己见；表现过去也有风险，过去虽然已有共识，但是充斥了陈词滥调，要在过去里表达出新意，就会有争议。

作家和批评家是两种思维方式，是从两个角度来看待同一个事物，所以作家不会在批评家面前让步，批评家也不会在作家面前让步，而且两者隔得有点远，即使让步了，对方也看不清楚。南帆说《文城》不是现实主义叙述，这个我觉得有道理，但对"更倾向于神话式叙述"有保留，《文城》还没有飞得那么高，我同意丁帆对《文城》的定义，他说这是一部传奇小说。我就是把

《文城》当成一部传奇小说来写的。

我写《十八岁出门远行》的时候，写《在细雨中呼喊》的时候是青年作家，所以雄心勃勃，想着以后要写出一部伟大的小说，至于这部伟大的小说具体是什么，我不知道，反正伟大就行。现在我是老作家了，只想把没有写完的几部小说写完。我会把自己之前出版的小说拉出一条质量的平均线，修改出来的小说只要不低于这条平均线就够了，就可以拿出去出版了。

在我的作品中，命运、时代、人，三者是怎么排序的？我想应该是人、时代、命运。有了人以后才会有时代，不管是什么样的时代，都是人折腾出来的，有了时代的变化以后就会有命运的改变。

你问我有没有只写人性恶，爱始终缺席的小说，有，戈尔丁的《蝇王》，奥威尔的《一九八四》，我们读不到爱，读到的都是恶，但是透过文本，我们能够感受到作家的同情心。爱、同情和怜悯，可以不在叙述里表现出来，但是作家必须拥有，而且是在写作关于恶的时候不停涌动的，这就是奥威尔的伟大之处，《一九八四》是一个冷酷的文本，但是我们仍然感受到了爱、同情和怜悯，尽管隐藏得很深，似乎深不可测。

我认识的诗人没有一个是愤怒的，当然诗人会生气。"愤怒出诗人"只是一个比喻，是说写作的时候要有饱满的情绪。生活和写作不是一回事，有些作家生活中时常暴跳如雷，写出来的作品却是和风细雨；有些作家生活中总是轻声细语，写出来的作品却是暴跳如雷。对于作家来说，重要的是洞察力、想象力和激情，这里说的激情是在写作时爆发出来的。

第 二 辑

我 的 所 有 努 力

都 是 为 了 更 加 接 近 真 实

虚伪的作品

现在我似乎比以往任何时候都明白自己为何写作,我的所有努力都是为了更加接近真实。因此在一九八六年底写完《十八岁出门远行》后的兴奋,不是没有道理。那时候我感到这篇小说十分真实,同时我也意识到其形式的虚伪。所谓的虚伪,是针对人们被日常生活围困的经验而言。这种经验使人们沦陷在缺乏想象的环境里,使人们对事物的判断总是实事求是地进行着。当有一天某个人说他在夜间看到书桌在屋内走动时,这种说法便使人感到不可思议和难以置信。也不知从何时起,这种经验只对实际的事物负责,它越来越疏远精神的本质。于是真实的含义被曲解也就在所难免。由于长久以来过于科学地理解真实,真实似乎只对早餐这类事物有意义,而对深夜月光下某个人叙述的死人复活故事,真实在翌日清晨对它的回避总是毫不犹豫。因此我们的文学只能在缺乏想象的茅屋里度日如年。在有人以要求新闻记者眼中的真实,来要求作家眼中的真实时,人们的广泛拥护也就理所当然了。而我们也因此无法期待文学会出现奇迹。

一九八九年元旦的第二天，安详的史铁生坐在床上向我揭示这样一个真理：在瓶盖拧紧的药瓶里，药片是否会自动跳出来？他向我指出了经验的可怕，因为我们无法相信不揭开瓶盖药片就会出来，我们的悲剧在于无法相信。如果我们确信无疑地认为瓶盖拧紧药片也会跳出来，那么也许就会出现奇迹。可因为我们无法相信，奇迹也就无法呈现。

在一九八六年写完《十八岁出门远行》之后，我隐约预感到一种全新的写作态度即将确立。艾萨克·辛格在初学写作之时，他的哥哥这样教导他："事实是从来不会陈旧过时的，而看法却总是会陈旧过时。"当我们抛弃对事实做出结论的企图，那么已有的经验就不再牢不可破。我们开始发现自身的肤浅来自于经验的局限。这时候我们对真实的理解也就更为接近真实了。当我们就事论事地描述某一事件时，我们往往只能获得事件的外貌，而其内在的广阔含义则昏睡不醒。这种就事论事的写作态度窒息了作家应有的才华，使我们的世界充满了房屋、街道这类实在的事物，我们无法明白有关世界的语言和结构。我们的想象力会在一只茶杯面前忍气吞声。

有关二十世纪文学评价的普遍标准，一直以来我都难以接受。把它归结为后工业时期人的危机的产物似乎过于简单。我个人认为二十世纪文学的成就主要在于文学的想象力重新获得自由。

十九世纪文学经过了辉煌的长途跋涉之后,却把文学的想象力送上了医院的病床。

当我发现以往那种就事论事的写作态度只能导致表面的真实以后,我就必须去寻找新的表达方式。寻找的结果使我不再忠诚所描绘事物的形态,我开始使用一种虚伪的形式。这种形式背离了现状世界提供给我的秩序和逻辑,然而却使我自由地接近了真实。

罗布-格里耶认为文学的不断改变主要在于真实性概念在不断改变。十九世纪文学造就出来的读者有其共同的特点,那就是世界对他们而言已经完成和固定下来。他们在各种已经得出的答案里安全地完成阅读行为,他们沉浸在不断被重复的事件的陈旧冒险里。他们拒绝新的冒险,因为他们怀疑新的冒险是否值得。对于他们来说,一条街道意味着交通、行走这类大众的概念。而街道上的泥迹,他们也会立刻赋予"不干净""没有清扫"之类固定想法。

文学所表达的仅仅只是一些大众的经验时,其自身的革命便无法避免。任何新的经验一旦时过境迁就将衰老,而这衰老的经验却成为了真理,并且被严密地保护起来。在各种陈旧经验堆积如山的中国当代文学里,其自身的革命也就困难重重。

当我们放弃"没有清扫""不干净"这些想法,而去关注泥迹可能显示的意义,那种意义显然是不确定和不可捉摸的,有关它的答案像天空的颜色一样随意变化，那么我们也许能够获得纯粹个人的新鲜经验。

普鲁斯特在《复得的时间》里这样写道："只有通过钟声才能意识到中午的康勃雷，通过供暖装置所发出的哼声才意识到清早的堂西埃尔。"康勃雷和堂西埃尔是两个地名。在这里，钟声和供暖装置的意义已不再是大众的概念，已经离开大众走向个人。

一次偶然的机会，使我在某个问题上进行了长驱直入的思索，那时候我明显地感到自己脱离常识过程时的快乐。我选用"偶然的机会"，是因为我无法确定促使我思想新鲜起来的各种因素。我承认自己所有的思考都从常识出发，一九八六年以前的所有思考都只是在无数常识之间游荡，我使用的是被大众肯定的思维方式，但是那一年的某一个思考突然脱离了常识的围困。

那个脱离一般常识的思考，就是此文一直重复出现的真实性概念。有关真实的思考进行了两年多以后还将继续下去，我知道自己已经丧失了结束这种思考的能力。因此此刻我所要表达的只是这个思考的历程，而不是提供固定的答案。

任何新的发现都是从对旧事物的怀疑开始的。人类文明为我们提供了一整套秩序，我们置身其中是否感到安全？对安全的责问是怀疑的开始。人在文明秩序里的成长和生活是按照规定进行着。秩序对人的规定显然是为了维护人的正常与安全，然而秩序是否牢不可破？事实证明庞大的秩序在意外面前总是束手无策。

城市的十字路口说明了这一点。十字路口的红绿灯，以及将街道切割成机动车道、自行车道、人行道，而且来与去各在大路的两端。所有这些代表了文明的秩序，这秩序的建立是为了杜绝车祸，可是车祸经常在十字路口出现，于是秩序经常全面崩溃。交通阻塞以后几百辆车将组成一个混乱的场面。这场面告诉我们，秩序总是要遭受混乱的捉弄。因此我们置身文明秩序中的安全也就不再真实可信。

我在一九八六年、一九八七年里写《一九八六年》《河边的错误》《现实一种》时，总是无法回避现实世界给予我的混乱。那一段时间就像一位批评家所说的"余华好像迷上了暴力"。确实如此，暴力因为其形式充满激情，它的力量源自于人内心的渴望，所以它使我心醉神迷。让奴隶们互相残杀，奴隶主坐在一旁观看的情景已被现代文明驱逐到历史中去了。可是那种形式总让我感到是一出现代主义的悲剧。人类文明的递进，让我们明白了这种野蛮的行为是如何威胁着我们的生存。然而拳击运动取而代之，在这里我们可以看到文明对野蛮的悄悄让步。即便是南方的斗蟋蟀，也可以让我们意识到暴力是如何深入人心。在暴力和混乱面前，文明只是一个口号，秩序成为了装饰。

我曾和李陀讨论过叙述语言和思维方式的问题。李陀说："首先出现的是叙述语言，然后引出思维方式。"

我的个人写作经历证实了李陀的话。当我写完《十八岁出门远行》后,我从叙述语言里开始感受到自己从未有过的思维方式。这种思维方式一直往前行走,使我写出了《一九八六年》《现实一种》等作品,然而在一九八八年春天写作《世事如烟》时,我并没有清晰地意识到新的变化在悄悄进行。直到整个叙述语言方式确立后,才开始明确自己的思维运动出现了新的前景。而在此之前,也就是写完《现实一种》时,我以为从《十八岁出门远行》延伸出来的思维方式已经成熟和固定下来。我当时给朱伟写信说道:"我已经找到了今后的创作的基本方法。"

事实上到《现实一种》为止,我有关真实的思考只是对常识的怀疑。也就是说,当我不再相信有关现实生活的常识时,这种怀疑便导致我对另一部分现实的重视,从而直接诱发了我有关混乱和暴力的极端化想法。

在我心情开始趋向平静的时候,我便尽量公正地去审视现实。然而,我开始意识到生活是不真实的,生活事实上是真假杂乱和鱼目混珠。这样的认识是基于生活对于任何一个人都无法客观。生活只有脱离我们的意志独立存在时,它的真实才切实可信。而人的意志一旦投入生活,诚然生活中某些事实可以让人明白一些什么,但上当受骗的可能也同时呈现了。几乎所有的人都曾发出过这样的感叹:生活欺骗了我。因此,对于任何个体来说,真实存在的只能是他的精神。

当我认为生活是不真实的,只有人的精神才是真实时,难免会遇到这样的理解：我在逃离现实生活。汉语里的"逃离"暗示了某种惊慌失措。另一种理解是上述理解的深入，即我是属于强调自我对世界的感知，我承认这个说法的合理之处，但我此刻想强调的是：自我对世界的感知其终极目的便是消失自我。人只有进入广阔的精神领域才能真正体会世界的无边无际。我并不否认人可以在日常生活里消解自我，那时候人的自我将融化在大众里，融化在常识里。这种自我消解所得到的很可能是个性的丧失。

在人的精神世界里，一切常识提供的价值都开始摇摇欲坠，一切旧有的事物都将获得新的意义。在那里，时间固有的意义被取消。十年前的往事可以排列在五年前的往事之后，然后再引出六年前的往事。同样这三件往事，在另一种环境时间里再度回想时，它们又将重新组合，从而展示其新的含义。时间的顺序在一片宁静里随意变化。生与死的界线也开始模糊不清，对于在现实中死去的人，只要记住他们，他们便依然活着。另一些人尽管继续活在现实中，可是对他们的遗忘也就意味着他们已经死亡。而欲望和美感、爱与恨、真与善在精神里都像床和椅子一样实在，它们都具有限定的轮廓、坚实的形体和常识所理解的现实性。我们的目光可以望到它们，我们的手可以触摸它们。

对于一九八九年开始写作或者还在写作的人来说，小说已不是首创的形式，它作为一种传统为我们继承。我这里所指的传统，并不只针对狄德罗，或者十九世纪的巴尔扎克、狄更斯，也包括活到二十世纪的卡夫卡、乔伊斯，同样也没有排斥罗布－格里耶，福克纳和川端康成。对于我们来说，无论是旧小说，还是新小说，都已经成为传统。因此我们无法回避这样的问题，即我们为何写作？我们所有的努力都是为了什么？我现在所能回答的只能是——我所有的努力都是为了使这种传统更为接近现代，也就是说使小说这个过去的形式更为接近现在。

这种接近现在的努力将具体体现在叙述方式、语言和结构、时间和人物的处理上，就是如何寻求最为真实的表现形式。

当我越来越接近三十岁的时候（这个年龄在老人的回顾里具有少年的形象，然而在于我却预示着与日俱增的回想），在我规范的日常生活里，每日都有多次的事与物触发我回首过去，而我过去的经验为这样的回想提供了足够事例。我开始意识到那些即将来到的事物，其实是为了打开我的过去之门。因此现实时间里的从过去走向将来便丧失了其内在的说服力。似乎可以这样认为，时间将来只是时间过去的表象。如果我此刻反过来认为时间过去只是时间将来的表象时，确立的可能也同样存在。我完全有理由认为过去的经验是为将来的事物存在的，因为过去的经验只有通过将来事物的指引才会出现新的意义。

拥有上述前提以后，我开始面对现在了。事实上我们真实拥有的只有现在，过去和将来只是现在的两种表现形式。我的所有创作都是针对现在成立的，虽然我叙述的所有事件都作为过去的状态出现，可是叙述进程只能在现在的层面上进行。在这个意义上说，一切回忆与预测都是现在的内容，因此现在的实际意义远比常识的理解要来得复杂。由于过去的经验和将来的事物同时存在现在之中，所以现在往往是无法确定和变幻莫测的。

阴沉的天空具有难得的宁静，它有助于我舒展自己的回忆。当我开始回忆多年前某桩往事，并涉及到与那桩往事有关的阳光时，我便知道自己叙述中需要的阳光应该是怎样的阳光了。正是这种在阴沉的天空里显示出来的过去的阳光，便是叙述中现在的阳光。

在叙述与叙述对象之间存在的第三者（阴沉的天空），可以有效地回避表层现实的局限，也就是说可以从单调的此刻进入广阔复杂的现在层面。这种现在的阳光，事实上是叙述者经验里所有阳光的汇集。因此叙述者可以不受束缚地寻找最为真实的阳光。我喜欢这样一种叙述态度，通俗的说法便是将别人的事告诉别人。而努力躲避另一种叙述态度，即将自己的事告诉别人。即便是我个人的事，一旦进入叙述我也将其转化为别人的事。我寻找的是无我的叙述方式，在这个意义上，我同意这样的观点：作家与作品之间有一个叙述者的存在。在叙述过程中，个人经验转换的最简便有效的方法就是，尽可能回避直接的表述，让阴沉的天空来展示阳光。

我在前文确立的现在，某种意义上说是针对个人精神成立的，它越出了常识规定的范围。换句话说，它不具备常识应有的现存答案和确定的含义。因此面对现在的语言，只能是一种不确定的语言。

日常语言是消解了个性的大众化语言，一个句式可以唤起所有不同人的相同理解。那是一种确定了的语言，这种语言向我们提供了一个无数次被重复的世界，它强行规定了事物的轮廓和形态。因此当一个作家感到世界像一把椅子那样明白易懂时，他提倡语言应该大众化也就理直气壮了。这种语言的句式像一个紧接一个的路标，总是具有明确的指向。

所谓不确定的语言，并不是面对世界的无可奈何，也不是不知所措之后的含糊其辞。事实上它是为了寻求最为真实可信的表达。因为世界并非一目了然，面对事物的纷繁复杂，语言感到无力时时做出终极判断。为了表达的真实，语言只能冲破常识，寻求一种能够同时呈现多种可能，同时呈现几个层面，并且在语法上能够并置、错位、颠倒、不受语法固有序列束缚的表达方式。

当内心涌上一股情感，如果能够正确理解这股情感，也许就会发现那些痛苦、害怕、喜悦等确定字眼，并非是内心情感的真实表达，它们只是一种简单的归纳。要是使用不确定的叙述语言来表达这样的情感状态，显然要比大众化的确定语言来得客观真实。

我这样说并非全部排斥语言的路标作用，因为事物并非任何时候都是纷繁复杂，它也有简单明了的时候。同时我也不想掩饰自己在使用语言时常常力不从心。痛苦、害怕等确定语词我们谁也无法永久逃避。我强调语言的不确定，只是为了尽可能真实地表达。

我所指的不确定的叙述语言，和确定的大众语言之间最根本的区别在于：前者强调对世界的感知，而后者则是判断。

我在前文已经说过，大众语言向我们提供了一个无数次被重复的世界。因此我寻找新语言的企图，是为了向朋友和读者展示一个不曾被重复的世界。

世界对于我，在各个阶段都只能作为有限的整体出现。所以在我某个阶段对世界的理解，只是对某个有限的整体的理解，而不是世界的全部。这种理解事实上就是结构。

从《十八岁出门远行》到《现实一种》时期的作品，其结构大体是对事实框架的模仿，情节段之间的关系基本上是递进、连接的关系，它们之间具有某种现实的必然性。但是那时期作品体现我有关世界结构的一个重要标志，便是对常理的破坏。简单的说法是，常理认为不可能的，在我作品里是坚实的事实；而常理认为可能的，在我那里无法出现。导致这种破坏的原因首先是对常理的怀疑。很多事实已经表明，常理并非像它自我标榜的那样，总是真理在握。我感到世界有其自身的规律，世界并非总在常理推断之中。我这样做同时也是为了告诉别人：事实的价值并不只是局限于事实本身，任何一个事实一旦进入作品都可能象征一个世界。

当我写作《世事如烟》时，其结构已经放弃了对事实框架的模仿。表面上看为了表现更多的事实，使其世界能够尽可能呈现纷繁的状态，我采用了并置、错位的结构方式。但实质上，我有关世界结构的思考已经确立，并开始脱离现状世界提供的现实依据。我发现了世界里一个无法眼见的整体的存在，在这个整体里，世界自身的规律也开始清晰起来。

那个时期，当我每次行走在大街上，看着车辆和行人运动时，我都会突然感到这运动透视着不由自主。我感到眼前的一切都像是事先已经安排好，在某种隐藏的力量指使下展开其运动。所有的一切（行人、车辆、街道、房屋、树木），都仿佛是舞台上的道具，世界自身的规律左右着它们，如同事先已经确定了的剧情。这个思考让我意识到，现状世界出现的一切偶然因素，都有着必然的前提。因此，当我在作品中展现事实时，必然因素已不再统治我，偶然的因素则异常地活跃起来。

与此同时，我开始重新思考世界里的一切关系：人与人、人与现实、房屋与街道、树木与河流等等。这些关系如一张错综复杂的网。

那时候我与朋友交谈时，常常会不禁自问：交谈是否呈现了我与这位朋友的真正关系？无可非议这种关系是表面的，暂时的。那么永久的关系是什么？于是我发现了世界赋予人与自然的命运。人的命运，房屋、街道、树木、河流的命运。世界自身的规律便体现在这命运之中，世界里那不可捉摸的一部分开始显露其光辉。我有关世界的结构开始重新确立，而《世事如烟》的结构也就这样产生，在《世事如烟》里，人与人，人与物，物与物；情节与情节，细节与细节的连接都显得若即若离，时隐时现。我感到这样能够体现命运的力量，即世界自身的规律。

现在我有必要说明的是：有关世界的结构并非只有唯一。因此在《世事如烟》之后，我的继续寻找将继续有意义。当我寻找的深入，或者说角度一旦改变，我开始发现时间作为世界的另一种结构出现了。

世界是所发生的一切，这所发生的一切的框架便是时间。因此时间代表了一个过去的完整世界。当然这里的时间已经不再是现实意义上的时间，它没有固定的顺序关系。它应该是纷繁复杂的过去世界的随意性很强的规律。

当我们把这个过去世界的一些事实，通过时间的重新排列，如果能够同时排列出几种新的顺序关系（这是不成问题的），那么就将出现几种不同的新意义。这样的排列显然是由记忆来完成的，因此我将这种排列称之为记忆的逻辑。所以说，时间的意义在于它随时都可以重新结构世界，也就是说世界在时间的每一次重新结构之后，都将出现新的姿态。

事实上，传统叙述里的插叙、倒叙，已经开始了对小说时间的探索。遗憾的是这种探索始终是现实时间意义上的探索。由于这样的探索无法了解到时间的真正意义，就是说无法了解时间其实是有关世界的结构，所以它的停滞不前将是命中注定的。

在我开始以时间作为结构，来写作《此文献给少女杨柳》时，我感受到闯入一个全新世界的极大快乐。我在尝试地使用时间分裂、时间重叠、时间错位等方法以后，收获到的喜悦出乎预料。

两年以来，一些读过我作品的读者经常这样问我：你为什么不写写我们？我的回答是：我已经写了你们。

他们所关心的是我没有写从事他们那类职业的人物，而并不是作为人我是否已经写到他们了。所以我还得耐心地向他们解释：职业只是人物身上的外衣，并不重要。

事实上我不仅对职业缺乏兴趣，就是对那种竭力塑造人物性格的做法也感到不可思议和难以理解。我实在看不出那些所谓性格鲜明的人物身上有多少艺术价值。那些具有所谓性格的人物几乎都可以用一些抽象的常用语词来概括，即开朗、狡猾、厚道、忧郁等等。显而易见，性格关心的是人的外表而并非内心，而且经常粗暴地干涉作家试图进一步深入人的复杂层面的努力。因此我更关心的是人物的欲望，欲望比性格更能代表一个人的存在价值。

另一方面，我并不认为人物在作品中享有的地位，比河流、阳光、树叶、街道和房屋来得重要。我认为人物和河流、阳光等一样，在作品中都只是道具而已。河流以流动的方式来展示其欲望，房屋则在静默中显露欲望的存在。人物与河流、阳光、街道、房屋等各种道具在作品中组合一体又相互作用，从而展现出完整的欲望。这种欲望便是象征的存在。

因此小说传达给我们的，不只是栩栩如生或者激动人心之类的价值。它应该是象征的存在。而象征并不是从某个人物或者某条河流那里显示。一部真正的小说应该无处不洋溢着象征，即我们寓居世界方式的象征，我们理解世界并且与世界打交道的方式的象征。

一九八九年七月十一日

作家的不稳定性

三四年前,我写过一篇题为《虚伪的作品》的文章,发表在一九八九年的《上海文论》上。这是一篇具有宣言倾向的创作谈,与我前几年的写作行为紧密相关。文章中的诸多观点显示了我当初的自信与叛逆的欢乐,当初我感到自己已经洞察到艺术永恒之所在,我在表达思考时毫不犹豫。现在重读时,我依然感到没有理由去反对这个更为年轻的我,《虚伪的作品》对我的写作依然有效。

这篇文章始终没有脱离这样一个前提,那就是所有的观点都只针对我自己的写作,不涉及到另外任何人。

几年后的今天,我开始相信一个作家的不稳定性,比他任何尖锐的观点更为重要。一成不变的作家只会快速奔向坟墓,我们面对的是一个捉摸不定与喜新厌旧的时代,事实让我们看到一个严格遵循自己理论写作的作家是多么可怕,而作家源源不断的生命力在于经常的朝三暮四。为什么几年前我们热衷的话题,现在已经无人顾及。是时代在变？还是我们在变？这是一个难以解答的问题，却说明了固定与封闭的事物是不存在的。作家的不稳定性取决于他的智慧与敏锐的程度。作家是否能够使自己始终置身于发现之中，这是最重要的。

怀疑主义者告诉我们：任何一个命题的对立面，都存在着另外一个命题。这句话解释了那些优秀的作家为何经常自己反对自己。作家不是神甫，单一的解释与理论只会窒息他们，作家的信仰是没有仪式的，他们的职责不是布道，而是发现，去发现一切可以使语言生辉的事物。无论是健康美丽的肌肤，还是溃烂的伤口，在作家那里都应当引起同样的激动。

所以我现在宁愿相信自己是无知的，实际上事实也是如此。任何知识说穿了都只是强调，只是某一立场和某一角度的强调。事物总是存在两个以上的说法，不同的说法都标榜自己掌握了世界真实。可真实永远都是一位处女，所有的观点到头来都只是自鸣得意的手淫。

对创作而言，不存在绝对的真理，存在的只是事实。比如艺术家与匠人的区别。匠人是为利益和大众的需求而创作，艺术家是为虚无而创作。艺术家在任何一个时代都只能是少数派，而且往往是那个时代的笑柄，虽然在下一个时代里，他们或许会成为前一时代的唯一代表，但他们仍然不是为未来而创作的。对于匠人来说，他们也同样拥有未来。所以我说艺术家是为虚无而创作的，因为他们是这个世界上仅存的无知者，他们唯一可以真实感受的是来自精神的力量，就像是来自夜空和死亡的力量。在他们的肉体腐烂之前，是没有人会去告诉他们，他们的创作给这个世界带来了什么。匠人就完全不一样了，他们每一分钟都知道自己从实际中获得了什么，他们在临死之前可以准确地计算出自己有多少成果。而艺术家只能来自于无知，又回到无知之中。

一九九二年八月六日

作家的勇气

在一部作品写作之初,作家的理想往往是模糊不清的,作家并不知道这部作品会给自己带来什么。我的意思是,一如既往的写作是在叙述上不断地压制自己?还是终于解放了自己?当一位作家反复强调如何喜欢自己的某一部作品时,一定有着某些隐秘的理由。因为一部作品的历史总是和作家个人的历史紧密相连,在作家众多的作品中,总会有那么几部是作为解放者出现的,它们让作家恍然大悟,让作家感到自己已经进入了理想中的写作。

叙述上的训练有素,可以让作家水到渠成般地写作,然而同时也常常掩盖了一个致命的困境。当作家拥有了能够信赖的叙述方式,知道如何去应付在写作过程中出现的一系列问题时,信赖会使作家越来越熟练,熟练则会慢慢地把作家造就成一个职业的写作者,而不再是艺术的创造者了。这样的写作会使作家丧失理想,他每天面临的不再是追求什么,而是表达什么。所以说当作家越来越得心应手的时候,他也开始遭受到来自叙述的欺压了。

我个人的写作历史告诉我：没有一部作品的叙述方式是可以事先设计的，写作就像生活那样让我感到未知，感到困难重重。因此叙述的方式，或者说是风格，那些令人心醉神迷的风格不会属于任何人，它不是大街上的出租车招手即来，它在某种意义上是一名拳击手，它总是想方设法先把你打倒在地，让你心灰意冷，让你远离那些优美感人的叙述景色，所以你必须将它击倒。写作的过程有时候就是这样，很像是斗殴的过程。因此，当某些美妙的叙述方式得到确立的时候，所表达出来的不仅仅是作家的才华和洞察力，同时也表达了作家的勇气。

一九九六年二月八日

长篇小说的写作

相对于短篇小说，我觉得一个作家在写作长篇小说的时候，似乎离写作这种技术性的行为更远，更像是在经历着什么，而不是在写作着什么。换一种说法，就是短篇小说表达时所接近的是结构、语言和某种程度上的理想。短篇小说更为形式的理由是它可以严格控制在作家完整的意图里。长篇小说就不一样了，人的命运，背景的交换，时代的更替在作家这里会突出起来，对结构和语言的把握往往成为了另外一种标准，也就是人们衡量一个作家是否训练有素的标准。

这是有道理的。由于长篇小说写作时间上的拉长，从几个月到几年，或者几十年，这中间小说的叙述者将会有很多小说之外的经历，当小说中人物的命运往前推进时，作家自身的生活也在变化着，这样的变化会使作家不停地质问自己：正在进行中的叙述是否值得？

因此长篇小说的写作同时又是对作家信念的考验，当然也是对叙述过程的不断证明,证明正在进行中的叙述是否光彩照人,而接下去的叙述,也就是在远处等待着作家的那些意象,那些片言只语的对话,那些微妙的动作和目光,还有人物命运出现的突变,这一切是否能够在很长时间里,保持住对作家的冲击。

让作家始终不渝,就像对待爱一样对待正在写作中的长篇小说,这就要求作家在对自己的作品充满信心的同时,还一定要有体力上的保证,只有足够的体力,才可以使作家真正激动起来,使作家泪流满面,浑身发抖。

问题是在长篇小说的写作过程里,作家经常会遇上令人沮丧的事。比如说疾病,一次小小的感冒都会葬送一部辉煌的作品。因为在长篇小说的写作中,任何一个章节都是至关重要的,如果有一个章节在叙述中趋向平庸,带来的结果很可能是后面章节更多的平庸。平庸的细胞在长篇小说里一旦扩散,其速度就会像人口增长一样迅速。这时候作家往往会自暴自弃,对自己写作开始不满,而且是越来越不满,接下去开始愤怒了,开始恨自己,并且对自己破口大骂,挥手抽自己的嘴巴,最后是凄凉的怀疑,怀疑自己的才华,怀疑正在写作中的小说是否有价值。这时作家的信心完全失去了,他觉得自己被抛弃了,被语言、被结构、被人物甚至被景色,被一切所抛弃。他觉得自己正在进行的工作只是往垃圾上倒垃圾,因为他失去了一切为他而来的爱,同时也背叛了自己的爱。到头来他只好无可奈何地发出一声声苦笑,心想这一部长篇小说算是完蛋了，这一次只能这样了，只能凑合着写完了。然后他将全部的希望寄托到下一部长篇小说之中，可是谁能够保证他在下一部长篇小说的写作中不再感冒？可能他不会再感冒了，但是他的胃病出现了，或者就是难以克服的失眠……

作家在写作长篇小说的时候，需要去战斗的事实在是太多了，并且在每一次战斗中都必须是胜利者，任何一次微不足道的失败，都有可能使他的写作前功尽弃。作家要克服失眠，要战胜疾病，同时又要抵挡来自生活中的世俗的诱惑，这时候的作家应该清心寡欲，应该使自己宁静，只有这样，作家写作的激情才有希望始终饱满，才能够在写作中刺激着叙述的兴奋。

我注意到苏童在接受一次访问时，解释他为何喜欢短篇小说，其中之一的理由就是——他这样说：我始终觉得短篇小说使人在写的时候还没有出现困顿、疲乏阶段时它就完成了。

苏童所说的疲乏，正是长篇小说写作中最普遍的困难，是一种身心俱有的疲乏。作家一方面要和自己的身体战斗，另一方面又要和灵感战斗，因为灵感不是出租汽车，不是站在大街上等待就可以得到的东西，作家必须付出内心全部的焦虑、不安、痛苦和呼吸困难之后，也就是在写字桌前坐上几个小时，或者几天以后，才能够看到灵感之光穿过层层叙述的黑暗，照亮自己。

这时候作家有点像是来到了足球场上，只有努力地奔跑，长时间地无球奔跑之后，才有可能获得一次起脚射门。

对于作家来说，一部长篇小说的开始是重要的，但是不会疲乏。只有在获得巨大的冲动以后，作家才会坐到写字桌前，正式写作起他的长篇小说。这时候作家对自己将要写的作品即便不是深谋远虑，也已经在内心里激动不安。所以长篇小说开始的部分，往往是在灵感已经来到以后才会落笔，这时候对于作家的写作行为来说是不困难的，真正的困难是在"继续"上面，也就是每天坐到桌子前，将前一天写成的如何往下继续时的困难。

这是最难受的时候，作家首先要花去很多时间来调整自己的呼吸和自己的情绪，因为在一分钟之前作家还在打电话，或者正蹲在卫生间里干着排泄的事情。就是说作家一分钟以前还在三心二意地生活着，他干的事与正要写的作品毫无关系，一分钟以后他就必须使自己成为另外一个人，一个叙述者，一个不再散漫的人，他开始责任重大，因为写出来的每一个字和每一个标点符号，都是他重新生活的开始，这重新开始的生活与他的现实生活截然不同，是欲望的、想象的、记忆的生活，也是井然有序的生活，而且决不允许他犯错误，一个小小的错误都会使他的叙述走上邪路，在长篇小说的写作过程里，叙述不会给作家提供很多悔过自新或者重新做人的机会。叙述一旦走上了邪路，叙述不仅不会站出来挽救叙述者，相反还会和叙述者一起自暴自弃。这就像是请求别人原谅自己是容易的，可是要请求自己原谅自己就十分艰难了，因为这时候他往往不知道该怎么办。

因此，作家必须保持始终如一的诚实，必须在写作过程里集中他所有的美德，必须和他现实生活中的所有恶习分开。在现实中，作家可以谎话连篇，可以满不在乎，可以自私、无聊和沾沾自喜；可是在写作中，作家必须是真诚的，是认真严肃的，同时又是通情达理，满怀同情和怜悯之心；只有这样，作家的智慧和警觉才能够在漫长的长篇小说写作中，不受到任何伤害。

所以，当作家坐到写字桌前时，首先要做的，就是问一问自己，是否具备了高尚的品质？

然后，才是将前一天的叙述如何继续下去，这时候作家面临的就是如何工作了，这是艰难的工作，通过叙述来和现实设立起紧密的关系。与其说是设立，还不如说是维持和发展下去。因为在作品的开始部分，作家已经设立了与现实的关系，虽然这时候仅仅是最初的关系，然而已经是决定性的关系了。优秀的作家都知道这个道理，与现实签订什么样的合约，决定了一部作品完成之后是什么样的品格。因为在一开始，作家就必须将作品的语感、叙述方式和故事的位置确立下来。也就是说，作家在一开始就应该让自己明白，正在叙述中的作品是一个传说，还是真实的生活？是荒诞的，还是现实的？或者两者都有？

当卡夫卡在其《审判》的开始，让约瑟夫·K莫名其妙地在一天早晨被警察逮捕，接着警察又莫名其妙地让他继续自由地去工作时，卡夫卡在逮捕与自由这自相矛盾之中，签订了《审判》

与现实的合约。这是一份幽默的合约，从一开始，卡夫卡就不准备讲述一个合乎逻辑的故事，他虽然一直在冷静地叙述着现实的逻辑，可是在故事发展的关键时刻，他又完全破坏了逻辑。这就是《审判》从一开始就建立的叙述，这样的叙述一直贯穿到作品的结尾。卡夫卡用人们熟悉的方式讲述所有的细节，然后又令人吃惊地用人们很不习惯的方式创造了所有的情节。

另一位作家纳撒尼尔·霍桑，在《红字》的开始就把海丝特推到了一个忍辱负重的位置上，这往往是一部作品结束时的场景。让一个女人从监狱里走出来，可是迫使她进入监狱的耻辱并没有离她而去，而是作为了一个标记（红A字）挂在了她的胸前……霍桑就是这样开始了他的叙述，他从一开始就建立起内心与现实的冲突，内心的高尚和生活的耻辱重叠到了一起，同时又泾渭分明。

还有一位作家福克纳，在其《喧哗与骚动》的第一页这样写道：

> 透过栅栏，穿过攀绕的花枝的空当，我看见他们在打球。他们朝插着小旗的地方走过来，我顺着栅栏朝前走。勒斯特在那棵开花的树旁草地里找东西。他们把小旗拔出来，打球了。接着他们又把小旗插回去，来到高地上，这人打了一下，另外那人也打了一下……

显然，作品中的"我"不知道他们是在打高尔夫球，他只知道："这人打了一下，另外那人也打了一下。"他也不知道勒斯特身旁的是什么树，只知道是一棵开花的树。于是我们明白了这是一个十分简单的头脑，世界给它的图像只是"这人打了一下，那人也打了一下"。

在这里，福克纳开门见山地告诉了自己，他接下去要描叙的是一个空白的灵魂，在这灵魂上面没有任何杂质，只有几道深浅不一的皱纹，有时候会像湖水一样波动起来。于是在很多年以后，也就是福克纳离开人世之后，我有幸读到了这部伟大作品的中译本，认识了一个伟大的白痴——班吉明。

卡夫卡、霍桑、福克纳，在他们各自的长篇小说里，都是一开始就确立了叙述与现实的关系，而且都是简洁明了，没有丝毫含糊其辞的地方。他们在心里都很清楚这样的事实：如果在作品的第一页没有表达出作家叙述的倾向，那么很可能在第一百页仍然不知道自己正在写些什么。

真正的问题是在合约签订以后，如何来完成，作家接下去的写作在很大程度上成为了对合约的理解。作家在写作之前，有关这部长篇小说的构想很可能只有几千字，而作品完成之后将会在十多万字以上。因此真正的工作就是一日接着一日地坐到桌前，将没有完成的作品向着没有完成的方向发展，只有在写作的最后时刻,作家才有可能看到完成的方向。这样的时刻往往只会出现一次,等到作家试图重新体会这样的感受时,他只能去下一部长篇小说寻找机会了。

因此,长篇小说的写作过程,是作家重新开始的一段经历,写作是否成功,也就是作家证明自己的经历是否值得。当几个陌生的名字出现在作品的叙述中时,作家对他们的了解可以说是和他们的名字一样陌生,只有通过叙述的不断前进和深入,作家才慢慢明白过来,这几个人是来干什么的。他们在作家的叙述里出生,又在作家的叙述里完整起来。他们每一次的言行举止,都会让作家反复询问自己:是这样吗?是他的语气吗?是他的行为吗?或者在这样的时候,他为什么要这样做和这样说?

一部长篇小说就是这样完成的,长途跋涉似的写作,不断的自信和不断的怀疑。最困难的还是前面多次说到过的"继续",今天的写作是为了继续昨天的,明天的写作又是为了继续今天的,无数的中断和重新开始。就在这些中断和开始之间,隐藏着无数的危险,从作家的体质到叙述上的失误,任何一个弱点都会改变作品的方向。所以,作家在这种时候只有情绪饱满和小心翼翼地叙述。有时候作家难免会忘乎所以,因为作品中的人物突然说出了一句让他意料不到的话,或者情节的发展使他大吃一惊,这种时候往往是十分美好的,作家感到自己获得了灵感的宠爱,同时也暗示了作家对自己作品的了解已经深入到了命运的实质。这时候作家在写作时可以左右逢源了。

几乎所有的作家都面临这样的困难，就是将前面的叙述如何继续下去。当然也有例外，比如海明威，他说他总是在知道下面该怎么写的时候停笔，所以第二天他继续写作时就不会遇上麻烦了。另一位作家加西亚·马尔克斯站出来证明了海明威的话，他说他自从使用海明威的写作经验后，再也不怕坐到桌前继续前一天的写作了。海明威和马尔克斯说这样的话时，都显得轻松愉快，因为那个时候他们都没有在写作，他们正和记者坐在一起信口开河，而且他们谈论的都是已经完成了的长篇小说，他们已经克服了那几部长篇小说写作中的所有困难，于是他们也就好了伤疤忘了疼痛。

一九九六年四月五日

世上最为动人的歌谣

这里收集了我的四个故事,在十年前,在潮湿的阴雨绵绵的南方,我写下了它们,我记得那时的稿纸受潮之后就像布一样的柔软,我将暴力、恐惧、死亡,还有血迹写在了这一张张柔软之上。

这似乎就是我的生活,在一间临河的小屋子里,我孤独地写作,写作使我的生命活跃起来,就像波涛一样,充满了激情。那时候我没有意识到自己的作品里的暴力和死亡,是别人告诉了我,他们不厌其烦地说着,要我明白这些作品给他们带去了难受和恐怖,我半信半疑了一段时间后,开始相信他们的话了。那段时间,他们经常问我:为什么要写出这样的作品?他们用奇怪的目光注视着我,问我:为什么要写这么多的死亡和暴力?

我不知道该怎样回答,在这个问题上,我知道的并不比他们多,这是作家的难言之隐。我曾经请他们去询问生活:为什么在生活中会有这么多的死亡和暴力?我相信生活的回答将是缄口不言。

现在，当 Einaudi 出版社希望我为这四个故事写一篇前言时，我觉得可以谈谈自己的某些遥远的记忆，这些像树叶一样早已飘落却始终没有枯萎的记忆，也许可以暗示出我的某些写作。我的朋友米塔，这位出色的翻译家希望我谈谈来自生命的一些印象，她的提醒很重要，往往是这些隐秘的、零碎的印象决定了作家后来的写作。

我现在要谈的记忆属于我的童年。我已经忘记了我的恐惧是从什么时候开始的，让我铭心刻骨的是树梢在月光里闪烁的情景，我觉得这就是我童年的恐惧。在夜深人静之时，我躺在床上，透过窗户看到树梢在月光里的抖动和闪烁，夜空又是那么的深远和广阔，仿佛是无边无际的寒冷。我想，这就是我最初的、也是最为持久的恐惧。直到今天，这样的恐惧仍然伴随着我。

对于死亡和血，我却是心情平静。这和我童年生活的环境有关，我是在医院里长大，我经常坐在医院手术室的门口，等待着那位外科医生的父亲从里面走出来。我的父亲每次出来时，身上总是血迹斑斑，就是口罩和手术帽上也都沾满了鲜血。有时候还会有一位护士跟在我父亲的身后，她手提一桶血肉模糊的东西。

当时我们全家就住在医院里，我窗户的对面就是医院的太平间，那些因病身亡的人，在他们的身体被火化消失之前，经常在我窗户对面的那间小屋子里躺到黎明，他们亲人的哭声也从漫漫黑夜里响彻过来，在黎明时和日出一起升起。

在我年幼时，在无数个夜晚里，我都会从睡梦里醒来，聆听失去亲人以后的悲哀之声，我觉得那已经不是哭泣了，它们是那么的漫长持久，那么的感动人心，哭声里充满了亲切，那种疼痛无比的亲切。后来的很多时候，当我回忆起这些时，不知为何我总觉得这是世上最为动人的歌谣。

那时候我发现了一个事实，很多人都是在黑夜里死去的。于是在白天，我经常站在门口，端详着对面那间神秘的小屋，在几棵茂盛的大树下面，它显得孤单和寂寞，没有门，有几次我走到近旁向里张望，看到里面只有一张水泥床，别的什么都没有看到。有一次我终于走了进去，我记得那是一个夏日的中午，我走了进去，我发现这间属于死者中途的旅舍十分干净，没有丝毫的垃圾。我在那张水泥床旁站了一会，然后小心翼翼地伸手摸到了它，我感受到了无比的清凉，在那个炎热的中午，它对于我不是死亡，而是生活。

于是在后来的最为炎热的时候，我会来到这间小屋，在凉爽的水泥床上，在很多死者躺过的地方，我会躺下来，完成一个美好的午睡。那时候我年幼无知，我不害怕死亡，也不害怕鲜血，我只害怕夜晚在月光里闪烁的树梢。当然我也不知道很多年以后会从事写作，写下很多死亡和鲜血，而且是写在受潮以后的纸上，那些极其柔软的稿纸上。

一九九七年六月十一日

我的另一条人生之路

两位从事出版的朋友提出建议,希望我将自己所有的中短篇小说编辑成册。于是我们坐到了一起,经过几个小时的讨论之后,就有了现在的方案,以每册十万字左右的篇幅编辑完成了共六册的选集。里面收录了过去已经出版,可是发行只有一千多册的旧作;也有近几年所写,还未出版的新作。我没有以作品完成日期的顺序来编辑,我的方案是希望每一册都拥有相对独立的风格,当然这六册有着统一的风格。我的意思是这六册选集就像是脸上的五官一样,以各自独立的方式来组成完整的脸的形象。

可以这么说:《鲜血梅花》是我文学经历中异想天开的旅程,或者说我的叙述在想象的催眠里前行,奇花和异草历历在目,霞光和云彩转瞬即逝。于是这里收录的五篇作品仿佛梦游一样,所见所闻飘忽不定,人物命运也是来去无踪;《世事如烟》所收的八篇作品是潮湿和阴沉的,也是宿命和难以捉摸的。因此人物和景物的关系,以及他们各自的关系都是若即若离。这是我在八十年代的努力，当时我努力去寻找他们之间的某些内部的联系方式，而不是那种显而易见的外在的逻辑；《现实一种》里的三篇作品记录了我曾经有过的疯狂，暴力和血腥在字里行间如波涛般涌动着，这是从噩梦出发抵达梦魇的叙述。为此，当时有人认为我的血管里流淌的不是血，而是冰碴子；《我胆小如鼠》里的三篇作品，讲述的都是少年内心的成长，那是恐惧、不安和想入非非的历史；《战栗》也是三篇作品，这里更多地表达了对命运的关心；《黄昏里的男孩》收录了十二篇作品，这是上述六册选集中与现实最为接近的一册，也可能是最令人亲切的，不过它也是令人不安的。

这是我从一九八六年到一九九八年的写作旅程，十多年的漫漫长夜和那些晴朗或者阴沉的白昼过去之后，岁月留下了什么？我感到自己的记忆只能点点滴滴地出现，而且转瞬即逝。回首往事有时就像是翻阅陈旧的日历，昔日曾经出现过的欢乐和痛苦的时光成为了同样的颜色，在泛黄的纸上字迹都是一样的暗淡，使人难以区分。这似乎就是人生之路，经历总是比回忆鲜明有力。回忆在岁月消失后出现，如同一根稻草漂浮到溺水者眼前，自我的拯救仅仅只是象征。同样的道理，回忆无法还原过去的生活，它只是偶然提醒我们：过去曾经拥有过什么？而且这样的提醒时常以篡改为荣，不过人们也需要偷梁换柱的回忆来满足内心的虚荣，使过去的人生变得丰富和饱满。我的经验是写作可以不断地去唤醒记忆，我相信这样的记忆不仅仅属于我个人，这可能是一个时代的形象，或者说是一个世界在某一个人心灵深处的烙印，那是无法愈合的疤痕。我的写作唤醒了我记忆中无数的欲望，这样的欲望在我过去生活里曾经有过或者根本没有，曾经实现过或者根本无法实现。我的写作使它们聚集到了一起，在虚构的现实里成为合法。十多年之后，我发现自己的写作已经建立了现实经历之外的一条人生道路，它和我现实的人生之路同时出发，并肩而行，有时交叉到了一起，有时又天各一方。因此，我现在越来越相信这样的话——写作有益于身心健康，因为我感到自己的人生正在完整起来。写作使我拥有了两个人生，现实的和虚构的，它们的关系就像是健康和疾病，当一个强大起来时，另一个必然会衰落下去。于是，当我现实的人生越来越贫乏之时，我虚构的人生已经异常丰富了。

这六册中短篇小说选集所记录下来的，就是我的另一条人生之路。与现实的人生之路不同的是，它有着还原的可能，而且准确无误。虽然岁月的流逝会使它纸张泛黄字迹不清，然而每一次的重新出版都让它焕然一新，重获鲜明的形象。这就是我为什么如此热爱写作的理由。

一九九九年四月七日

读与写

这些随笔作品试图表明的是一个读者的身份，而不是一个作者的身份。没有一个作者的写作历史可以长过阅读历史，就像没有一种经历能够长过人生一样。我相信是读者的经历养育了我写作的能力，如同土地养育了河流的奔腾和森林的成长。

我要说的是在写作过程中，任何一个作者其实也是一个读者。人们时常会发出这样的疑问：写作如何面对读者？我的经验告诉我：广泛意义上的读者是无法面对的。因为命运的方式是如此之多，一个人如何可以代表人群？但是有一个读者是可以面对的，而且是无法回避的面对，这个读者就是作者自己，或者说是他的另一个身份。当作者在叙述中创作语言和形象时，他的读者的身份就会出来监视和检阅作者的创作，替他把握叙述中的节奏和分寸，这就是人们所说的伴随写作过程时的感觉。写作经常像人生一样迷茫，前途和未来令人忧心忡忡，然而就像人生必须去经历一样，写作也必须前行，这时候就需要依靠感觉的判断来寻找写作时的方向。

这样的感觉很大程度上来自于阅读的体验，我的意思是阅读古典作品或者说是阅读经典作品的体验。这是最为重要的，对我来说经典作品就是清除了垃圾的作品，或者说是净身之后的作品，就像阳光使白昼更加明亮一样。对经典作品的阅读会让我们不断感受到生存的价值，仿佛是清除了人生中那些琐碎无聊和患得患失的时刻，将那些激昂奔放和心醉神迷的时刻凝聚到了一起。我的经验是与死者交谈更容易沟通，再也没有像生和死之间那样坦诚相见了，已故作家们的思想和激情、痛苦和欢乐，还有真诚和勇气安安静静躺在一页页翻去的纸上，这些纸张或者洁白或者泛黄，如同风平浪静的海面一样，阅读带来的则是海底的激流。为此我信任前人的智慧，所以我也信任卢克莱修的独断之语——

    当代人失去了古人的活力，
    大地也失去了昔日的丰饶。

博尔赫斯给这样的阅读下了定义，他说这些作品不是一定具有某种优点的书籍，"而是一部世世代代的人出于不同的理由，以先期的热情和神秘的忠诚阅读的书"。

二十多年来，我像一个营养不良的孩子那样保持了阅读的饥渴，我可以说是用喝的方式去阅读那些经典作品。最近三年当我写作这些随笔作品时,我重读了里面很多的篇章,我感到自己开始用品尝的方式去阅读了。我意外地发现品尝比喝更惬意。

一九九九年十月三十一日

一个对于地震恐惧的故事

今天是汶川地震的第一个哀悼日,下午十四点二十八分,我住所楼下的街道上人群肃立,车辆排成长龙;我听到喇叭长鸣,还有阵阵汽笛声从电视里呼啸而出。默哀之后,我重读了自己的旧作《夏季台风》。这部小说的写作开始于一九八九年夏天,完成于一九九〇年冬天。

仿佛是故友重逢,亲切和陌生之感同时来到。这是一个有关一九七六年唐山地震的小说,故事发生的地点是距离唐山千里之外的南方小镇。就像五月十二日下午汶川地震时,我在千里之外的北京住所也摇晃起来,在住所安静以后,吊灯仍然在摇晃。我想,这就是影响。我在《夏季台风》里抹去了具体的地点,可是里面的感受全部来自于我十六岁时候的浙江海盐。现在我用四十八岁时汶川地震时的感受,重温了十六岁时唐山地震时的感受。影响就是这样,时间不能限制它,空间也不能限制它,它无处不在,而且随时出现。

《夏季台风》与其说是一个关于地震的故事，不如说是一个对于地震恐惧的故事。这个故事唤醒了我很多真实的记忆。一九七六年唐山地震以后，我生活的海盐也发生了一次地震，于是人们纷纷露宿操场、空地和街边，那个夏天人人觉得唐山发生过的地震马上就要在海盐发生了。如同小说里所描写的那样，由于当时信息的闭塞，只能依赖街头传言，唯一权威的声音来自县广播站的广播，可是我们县里广播站预报地震时的依据是来自邻县的广播，昨天刚说没有地震，今天又说有强力地震了。人们被县里的广播来回折腾，这个最具权威的声音到头来成为了最大的谣言中心。这个故事就是表达了这样的状态，人们在精疲力尽之后昏昏沉沉的状态。

二〇〇八年五月十九日

和声与比翼鸟

作者们为什么要给自己的书作序？他们在书里说了那么多话之后难道还没有说完，他们是不是想换个角度再说一下？或者这是编辑的愿望，"给读者说几句吧"，编辑会这样说，希望作者的自我解读可以帮助读者，然而对于读者来说，作者的解读经常是画蛇添足。

总之这份古老的工作至今仍在流行，我也随波逐流。可是对于这本有关文学的书，我还能说些什么？文学给予我的，或者说我能够接受到的，已经裸露在此书之中，一丝不挂之后还能脱下什么？没有了，既然如此那就穿上外衣吧，也许比喻的外衣是合身的。

我曾经羡慕音乐叙述里的和声，至今仍然羡慕，不同高度的声音在不同乐器演奏里同时发出，如此美妙，如此高不可攀，而且在作曲家那里各不相同，在舒伯特的和声里，不同高度的声音是在互相欣赏，而在梅西安的和声里，这些声音似乎是在互相争论，无论是欣赏还是争论，它们都是抱成一团向着同一个方向前进。雄心勃勃的小说家也想在语言的叙述里追求和声，试图展现同一时刻叙述的缤纷，排比的句式和排比的段落可能是最为接近的，可是它们仅仅只是接近，它们无法成为和声，即使这些句式这些段落多么精彩多么辉煌，它们也不会属于同一个时间，它们是在接踵而至的一个个时间里一个个呈现出来。

不必气馁，语言叙述作品的开放品质决定了阅读的方式是和声，与演奏出来音符的活泼好动不同，阅读中的文字一行行安静排列，安静到了似乎是睡眠中的文字，如同睡眠里梦的千奇百怪，看似安静的阅读实质动荡澎湃，这就是阅读的和声。每一个读者都会带着自己的经历和感受去阅读，在阅读一个细节、一个情节、一个故事的同时，读者会唤醒自己经历里的细节、情节和故事，或者召回此前阅读其他叙述作品时留在记忆他乡的点点滴滴。这样的阅读会在作品的原意之上同时叠加出一层层的联想，共鸣也好，反驳也好，都是缤纷时刻的来临。从这个意义上说，我的这部个人阅读之书，也是个人和声之书。

我知道自己在这里做了什么，通俗的说法就是吃着碗里的，看着锅里的。多年来我讲述自己的故事，也会倾听别人讲述的故事。在这部看着锅里的书里面，我不是一个批评家，只是一个读者，我写下这些文章是觉得锅里的比碗里的更为诱人。

我想到了《山海经》里的蛮蛮，这个传说中的鸟只有一只眼睛一个翅膀，不能独自飞翔，只有与另一只蛮蛮连成一体后才有两只眼睛两个翅膀，然后"相得乃飞"。蛮蛮有一个洋气的名字——比翼鸟。起初这篇序言的题目是"和声与蛮蛮"，可是蛮蛮不能迅速指向只有一翼一目的鸟，像是一个正在屋外玩耍的孩子的小名，因此我选择了词义上一目了然的比翼鸟，在文中我仍然使用蛮蛮，因为这个名字有着让人遐想的亲切。

我想说文本是一只蛮蛮，阅读是另一只蛮蛮，它们没有相得之时，文本是死的，阅读是空的，所以文本的蛮蛮在寻找阅读的蛮蛮，阅读的蛮蛮也在寻找文本的蛮蛮，两只蛮蛮合体之后才能比翼而飞。

这部书可以说是讲述了一只蛮蛮的故事。在无边无际的天空里，无数的蛮蛮相得乃飞，这只蛮蛮与另一只蛮蛮合体飞翔几日或者几月后就会分离，跌落下来，不是垂直的跌落，是滑翔的跌落，跌落时总会与另一只刚刚分离的蛮蛮相遇合体比翼而飞，然后再次分离跌落，再次相遇合体，再次比翼而飞，一次次的跌落是为了一次次新的比翼而飞。放心吧，这只蛮蛮不会跌落在地，天空有着足够的高度，相互寻找的蛮蛮已经布满天空。

二〇一七年六月二十一日

作者需要获得拯救

这里收入我的四个中篇小说，记录了我一九八六到一九八八两年多的写作经历，也记录了这两年多令我不安的精神状态。一九九九年四月七日，我在重版自序里写下这样一段话："这些作品记录了我曾经有过的疯狂，暴力和血腥在字里行间如波涛般涌动，这是从噩梦出发抵达梦魇的叙述。"

二十五年后，我在读者那里找到了共鸣。关于《河边的错误》，"谁又何尝不是疯子，可谁又是疯子"；关于《现实一种》，"读者面对的只是一堆行尸走肉般的纸片人"；关于《一九八六年》，"在美好的新生活之下，一个来自过去的疯狂的幽灵，会永远对你紧追不舍"；关于《古典爱情》，"一半西厢，一半聊斋，还有点汉尼拔"。

毫无疑问，这不是一部让人愉快的书，阅读此书仿佛走入一个恐怖博物馆，里面所展示的"疯癫""荒谬""谵妄""错愕""冷漠""暴力""自虐""血腥""幽怨"……几乎是人的情感最为阴冷的部分，脊背发凉可能是我的写作和你们的阅读的共同感受。我们从博物馆出来后终于见到阳光，然后我们站在那里，就像一位读者从《一九八六年》里引用的那句描写，"在阳光里面消毒似的照了一会儿"。

这里展示的四部中篇小说讲述了很多的对立，现象和内在的对立，永久和瞬间的对立，生活和情感的对立，最为关键的是人性和人性的对立。这个主题源远流长，乔治·奥威尔的《一九八四》，威廉·戈尔丁的《蝇王》等，人性和人性的对立在他们的作品中表现出来时，是如此的赤裸裸，几乎掩盖了文学作品中最为重要的美德——同情和怜悯。

当然这是表象，并非意志。无论是乔治·奥威尔，还是威廉·戈尔丁，他们在写下我们文学里最为冷漠荒谬的故事时，依然让我们感受到作者内心涌动的同情和怜悯，正是心怀同情和怜悯，才能够让他们把世界的恶与麻木写得如此透彻。

这部集子里四个恐怖博物馆风格的中篇小说，同样隐藏了作者的同情和怜悯之心，因为作者需要获得拯救。

二〇二四年三月二十二日

第 三 辑

没有一条道路是重复的

人类的正当研究便是人

一位姓名不详的古罗马人，留下了一段出处不详的拉丁语，意思是"他们著书，不像是出自一个深刻的信念，而像是找个难题锻炼思维"。另一位名叫欧里庇德斯的人说："神的著作各不相同，令我们无所适从。"而古罗马时期的著名政客西塞罗不无心酸地说道："我们的感觉是有限的，我们的智力是弱的，我们的人生又太短了。"

这其实是我们源远流长的悲哀。很多为了锻炼思维而不是出于信念生长起来的思想影响着我们，再让我们世代相传；让我们心甘情愿地去接受那些显而易见的逻辑的引诱，为了去寻找隐藏中的、扑朔迷离和时隐时现的逻辑；在动机的后面去探索原因的位置，反过来又在原因的后面去了解动机的形式，周而复始，没有止境。然后我们陷入了无所适从之中，因为神的著作各不相同。接着我们开始怀疑，最终怀疑还是落到了自己头上，于是西塞罗的心酸流传至今。

两千多年之后，有一位名叫墨里·施瓦茨的美国人继承了西塞罗的心酸。他大约在一九一七年的时候来到了人间，然后在一九九五年告别而去。这位俄裔犹太人在这个充满了战争和冷战、革命和动乱、经济萧条和经济繁荣的世界上逗留了七十八年，他差不多经历了整整一个世纪。他所经历的世纪是西塞罗他们望尘莫及的世纪，这已经不是在元老会议上夸夸其谈就可以搞掉政敌的世纪，这是一个什么样的世纪？在以赛亚·柏林眼中，这是"西方史上最可怕的一个世纪"；写下了《蝇王》的戈尔丁和法国的生态学家迪蒙继续了以赛亚·柏林的话语，前者认为"这真是人类史上最血腥动荡的一个世纪"，后者把它看作"一个屠杀战乱不停的时代"；梅纽因的语气倒是十分温和，不过他更加绝望，他说："它为人类兴起了所能想象的最大希望，但是同时却也摧毁了所有的幻想与理想。"

这就是墨里·施瓦茨的时代，也是很多人的时代，他们在喧嚣的工业革命里度过了童年的岁月，然后在高科技的信息社会里闭上了生命的眼睛。对墨里·施瓦茨来说，也对其他人来说，尤其是对美国人来说，他们的经历就像人类学家巴诺哈所说的："在一个人的个人经历——安安静静地生、幼、老、死，走过一生没有任何重大冒险患难——与二十世纪的真实事迹……人类经历的种种恐怖事件之间，有着极为强烈显著的矛盾对比。"墨里·施瓦茨的一生证实了巴诺哈的话，他确实以安安静静的人生走过了这个动荡不安的世纪。他以美国的方式长大成人，然后认识了成为他妻子的夏洛特，经历了一生中唯一的一次婚姻，他有两个儿子。他开始时的职业是心理和精神分析医生，不久后就成为了一名社会学教授，并且以此结束。

这似乎是风平浪静的人生之路，墨里·施瓦茨走过了儿子、丈夫和父亲的历程，他在人生的每一个环节上都是尽力而为，就像他长期以来所从事的教授工作那样，认真对待来到的每一天。因此这是一个优秀的人，同时也是一个十分普通的人，或者说他的优秀之处正是在于他以普通人的普遍方式生活着，兢兢业业地去承担命运赋予自己的全部责任，并且以同样的态度去品尝那些绵延不绝的欢乐和苦恼。他可能具备某些特殊的才华，他的工作确实也为这样的才华提供了一些机会。不过在更多的时候，他的才华会在日常生活中找到更加肥沃的土壤，结出丰硕之果，从而让自己时常心领神会地去体验世俗的乐趣，这是一个真正的人、同时也是所有的人应该得到的体验。而且，他还是一个天生的观察者，他对自己职业的选择更像是命运的安排，他的选择确实正确。他喜欢观察别人，因为这同时也在观察自己。他学到了如何让别人的苦恼和喜悦来唤醒自己的苦恼和喜悦，反过来又以自己的感受去辨认出别人的内心。他在这方面才华横溢，他能够在严肃的职业里获得生活的轻松，让它们不分彼此。

可以这么说，墨里·施瓦茨的人生之旅硕果累累，他的努力和执着并不是为了让自己作为一名教授如何出色，而是为了成为一个更加地道的人。

因此，当这样一个人在晚年身患绝症之时，来日有限的现实会使残留的生命更加明亮。于是，墨里·施瓦茨人生的价值在绝症的摧残里闪闪发光，如同暴雨冲淋以后的树林一样焕然一新。在这最后的时刻，这位老人对时间的每一分钟的仔细品味，使原本短暂的生命一次次地被拉长了，仿佛他一次次地推开了死亡急躁不安的手，仿佛他对生命的体验才刚刚开始。他时常哭泣，也时常微笑，这是一个临终老人的哭泣和微笑，有时候又像是一个初生婴儿的哭泣和微笑。墨里·施瓦茨宽容为怀，而且热爱交流，这样的品质在他生命的终点更加突出。他谈论心理建设的必要性，因为它可以降低绝望来到时的影响力；他谈论了挫折感，谈论了感伤，谈论了命运，谈论了回忆的方式。然后他强调了生活的积极，强调了交流的重要，强调了要善待自己，强调了要学会控制自己的内心。最后他谈到了死亡，事实上他一开始就谈到了死亡，所有的话题都因此而起，就像在镜中才能见到自己的形象，墨里·施瓦茨在死亡里见到的生命似乎更加清晰，也更加生机勃勃。这是一位博学的老人，而且他奔向死亡的步伐谁也赶不上，因此他临终的遗言百感交集，他留下的已经不是个人的生命旅程，仿佛是所有人的人生道路汇聚起来后出现的人生广场。

墨里·施瓦茨一直在对抗死亡，可是他从来没有强大的时候，他最令人感动的也是他对抗中的软弱,他的软弱其实是我们由来已久的品质,是我们面对死亡时不约而同的态度。他的身心全部投入到了对自己,同时也是对别人的研究之中,然后盛开了思想之花。他继承了西塞罗的心酸,当然他思想里最后的光芒不是为了找个难题锻炼思维,确实是出于深刻的信念,这样的信念其实隐藏在每一个人的心中,墨里·施瓦茨说了出来,不过他没有说完,因为在有关人生的话题上没有权威的声音,也没有最后的声音,就像欧里庇德斯所说的"神的著作各不相同"。于是在结束的时候,墨里·施瓦茨只能无可奈何地说:"谁知道呢?"

然而,墨里·施瓦茨的人生之路至少提醒了我们,让我们注意到在巴诺哈所指出的两条道路,也就是个人的道路和历史的道路存在着平等的可能。在巴诺哈所谓的时代的"真实事迹"的对面,"安安静静"的个人经历同样有着不可忽视的重要性,而且这样的经历因为更为广泛地被人们所拥有,也就会更为持久地被人们所铭记。墨里·施瓦茨的存在,以及他生命消失以后继续存在的事实,也说明了人们对个人经历的热爱和关注。这其实是一个最为古老的课题,它的起源几乎就是人类的起源;同时它也是最新鲜的课题,每一个新生的婴儿都会不断地去学会面对它。因为当墨里·施瓦茨的个人经历唤醒了人们自己经历的时候,也就逐渐地成为了他们共同的经历,当然这样的经历是"安安静静"的。与此同时,墨里·施瓦茨也证实了波普的话,这位启蒙主义时期的诗人这样说:"人类的正当研究便是人。"

墨里·施瓦茨年轻的时候曾经为到底是攻读心理学还是社会学而犹豫不决:"其实我一直对心理学很有兴趣,不过最后因为心理学必须用白老鼠做实验,而使我打了退堂鼓。"内心的脆弱使他进入了芝加哥大学攻读社会学,并且取得了博士学位。在一家心理医院从事研究是他的第一份工作,他明白了心理学并不仅仅针对个人,社会学也并不仅仅针对社会。他的第二份工作使他和阿弗列德·H.施丹顿一起写下了《心理医院》,此书被认为是社会心理学方面的经典之作,这是他和他的朋友在一家非传统的精神分析医院的工作成果,也是他年轻时对心理学热爱的延伸。《心理医院》的出版使他获得了布兰代斯大学的教职,一干就是三十多年。他是一个勤奋和成功的教授,虽然他没有以赛亚·柏林那样的显赫名声,可是与其他更多的教授相比,他的成就已经是令人羡慕了。对生存处境的关心和对内心之谜的好奇,使墨里·施瓦茨在六十年代与朋友一起创建了"温室",这是一个平价的心理治疗机构,用他的学生保罗·索尔曼的话来说——"他认为那里是他疗伤止痛的地方,开始是哀悼母亲之死,最后则是为了身染恶疾的自己。"墨里·施瓦茨似乎证实了因果报应的存在,当他最初在一家心理医院开始自己的研究,随后又在一家精神分析医院与阿弗列德·H.施丹顿共事,又到"温室"的设立,最后是建立了"死亡和心灵归属"的团体,墨里·施瓦茨毕生的事业都是在研究人,或者说他对别人的研究最终成为了对自己的研究，同时正是对自己的不断发现使他能够更多地去发现别人。因此当他帮助别人的内心在迷途中寻找方向的时候，他也是在为自己寻找出路，于是他知道了心灵的宽广，他知道了自己的心并不仅仅属于自己，就如殊途同归那样，经历不同的人和性格不同的人时常会为了一个相似的问题走到一起，这时候一个人的内心就可以将所有人的内心凝聚起来，然后像天空一样笼罩着自己，也笼罩着所有的人。晚年的墨里·施瓦茨拥有了约翰·堂恩在《祈祷文集》里所流露的情感，约翰·堂恩说："任何人的死亡都使我受到损失，因为我包孕在人类之中。"

墨里·施瓦茨当然遭受过很多挫折，他的母亲在他八岁时就离开了人世，他的童年"表面上嘻嘻哈哈，其实心里充满了悲伤"，而且童年时就已经来到的挫折在他成年以后仍然会不断出现，就如变奏曲似的贯穿了他的一生。然而这些挫折算不了什么，几乎所有的人都承受过类似的挫折，与巴诺哈所指出的二十世纪的真实事迹相比，墨里·施瓦茨的挫折只是生命旅程里接连出现的小段插曲，或者说是在一首流畅的钢琴曲里不小心弹出的错音。这位退休的教授像其他老人一样，在经历了爱情和生儿育女之后，在经历了事业的奋斗和生活的磨难之后，他可以喘一口气了，然后步履缓慢和悠闲地走向生命的尽头。当然他必须去承受身体衰老带来的种种不便，这样的衰老里还时刻包含着疾病的袭击，可是几乎所有的老人都不能去习惯这一切,墨里·施瓦茨也同样如此。就像他后来在亚历山大·罗文的著作《身体的背叛》里所读到的那样,"罗文医生在书中指出,我们总以为我们的身体随时都应该处于最佳状态,至少也应该一直保持良好的状态,仿佛我们奉命必须永远健康无恙,身体必须永远反应灵活。一旦它不符合我们的期待时,我们就觉得被身体背叛了"。墨里·施瓦茨心想"这或许是让我们相信自己是不朽的一种方式",可是"我们终究会死,我们其实很脆弱,而且随时都可能一命呜呼"。

大概是在一九九二年,这位七十五岁的老人开始迎接那致命疾病的最初征兆,"那时我正在街上走着,看到一辆车对着我冲过来,我想跳到路边去……但是我跌倒了"。衰老欺骗了墨里·施瓦茨,他以为这是自己老了的原因。此后的两年时间里,他一直睡不安稳,他感到困惑,同时也感到好奇,他不断地询问自己:"是因为我老了吗?"后来在一次宴会上,当他开始跳舞的时候,他的步子"一个踉跄"。再后来就是诊断的结果,他知道了问题并不是出在肌肉方面,而是神经性的。肌萎缩性脊髓侧索硬化——这就是来到墨里·施瓦茨体内的疾病的名字。这是一个令人恐怖的名字,它将一个人的生命一下子就推到了路的尽头,当时的墨里·施瓦茨是"我哑口无言",他开始遭受这致命的打击,这时候他毕生所从事的研究工作帮助了他,使他在面对自己的时候也像面对别人一样,他成为了一个观察者,成为了一个既身临其境又置之度外的人,于是他说:"但是从另一个角度来看,至少我知道了那些失眠是为什么了。"接下去的日子里,这神经系统的疾病开始在墨里·施瓦茨体内泛滥起来。对疾病明确了解的那一刻,往往像洪水决堤那样,此后就是一泻千里了。"从那时开始,我亲眼目睹身体机能因为肌肉神经失去知觉而日益衰败……现在,我的吞咽动作也越来越困难了……其次是我说话的能力,当我想要发出'O'的声音时,声音却卡在了喉咙里……"

墨里·施瓦茨来到了生命的尾声,"所以我的对策是哭……哭完了,我就擦干眼泪,并且准备好面对这一天"。在接下去为数不多的日子里,这位老人选择了独特的活着的方式,一位名叫杰克·汤玛士的记者这样写道:"在布兰代斯大学当了三十多年教授后,墨里·施瓦茨教授现在正在传授他最后的一门课,这门课没有教学计划,没有黑板,甚至连教室也没有,有的只是他在西纽顿家中的小房间,或者是他家厨房的餐桌,这里是他定期和学生、同事讨论的场所,他们讨论的课题非同寻常——墨里本人即将来临的死亡。"墨里·施瓦茨显示了与众不同的勇气,就像他的同事所说的:"大多数得了重病的人都会朽木自腐,他却开出了灼灼之花。"事实上,墨里·施瓦茨的勇气得益于他对现实的尊重,这也是他长期以来所从事的研究训练出来的结果,这位在心理医院和精神分析医院工作过的老人,早就学会了如何客观地去面对一切,包括客观地面对自己。因此可以这么说,他的勇气同时也是因为他的脆弱，他不想可能也不敢"默默地走进黑夜"，他选择了公开的死亡方式，为此写下了七十五则关于死亡的警句，并且为自己举行了预支的告别仪式，"我要现在就听到，当我还在的时候"，因为"我不想等到我两腿一伸以后再听到大家聚在一起追悼"。这样的追悼对墨里·施瓦茨来说无济于事，他要的是能够亲耳听到的追悼，因为"死亡并不是最后的一刻，最后的一刻是为了哀悼用的"。当然，这位老人临死前最重要的工作就是杰克·汤玛士所说的"最后的一门课"，在每一个来到的星期二，在墨里·施瓦茨身体不断的衰落里，关于人生和关于死亡的话题却在不断地深入和丰富起来。当他失去了吞咽的能力，又失去了发音的能力，可是他的心脏还在跳动，这"最后的一门课"就会继续下去。墨里·施瓦茨在身体迅速的背叛里，或者说当他逐渐失去自己的身体时，他一生的智慧和洞察力、一生的感受和真诚却在这最后的一刻汇聚了起来。然后奇迹出现了，这位瘦小和虚弱不堪的老人在生命的深渊里建立了生命的高潮。而且，他在临终之前用口述录音的方式，用颤抖的手逐字逐句写下了从深渊到高潮的全部距离。于是，就有了我们现在读到的这一本书，一本题为《万事随缘》的书，一本在死亡来临时讲述生存的书。

我想，墨里·施瓦茨的最后一课是一首安魂曲，是追思自己一生时的弥撒。这是隆重的仪式，也是安息的理由。就像勃拉姆斯的《德意志安魂曲》。若诸位不嫌，我愿意在此抄录《德意志安魂曲》的歌词，这些精美的和安抚心灵的诗句来自于马丁·路德新教的《圣经》：

哀恸的人有福了，因为他们必得安慰。

流泪撒下的种子，必欢呼收割。那带着种子，流着泪出去的，必定欢喜地带着禾捆回来。

温和的歌唱是安魂曲的第一乐章，这是对生者的祝福，也是在恳求死者永远的安息。接着第二乐章的合唱升了起来：

因为凡有血气的，尽都如草，所有他的枯荣，都如草上之花。草会凋残，花会谢落。

弟兄们哪，你们要忍耐，直到主来。看哪，农夫耐心地等待着地里宝贵的萌芽，直到它沐到春雨和秋雨。

第二乐章是一段葬礼进行曲，阴沉和晦暗的乐句似乎正将全曲带向坟墓，可是它的结束却是狂欢：

永恒的欢乐必定回到他们身上，使他们得到欢喜快乐，忧愁叹息尽都逃避。

第三乐章是男低音与合唱的对话：

　　主啊，求你让我知道生命何等短促。你使我的一生窄如手掌，我一生的时日，在你面前如同虚无。世人奔忙，如同幻影。他们劳役，真是枉然。积蓄财宝，不知将来有谁收取。主啊，如今我更何待！我的指望在于你。
　　义人的灵魂都在上帝的手上，再没有痛苦忧患能接近他们。

第四乐章回到了温和的田园般的合唱：

　　耶和华啊，您的居所令人神往！我的灵魂仰慕您；我的心灵，我的肉体向永生的神展开。

第五乐章是女高音与合唱之间的叙事诗一样的并肩前行，女高音反复吟唱"我要见到你们"，而合唱部唱出"我会安抚你们"：

　　你们现在也有忧愁，但我现在要见到你们，你们的心就会充满欢乐，这欢乐再也没有人能够夺去。
　　你们看我，我也曾劳碌愁苦，而最终却得到安抚。
　　我会安抚你们，就如母亲安抚她的孩子。

第六乐章男低音与合唱的对话再次出现：

　　世上没有永久存在的城市，然而我们仍在寻找这将要到来的城市。

　　我如今把一件奥秘告诉你们：我们不是都要睡觉，而是一切都要改变。就在一瞬间，在末日的号角响起的时候。因为号角要吹响，死人要复活，成为不朽，我们都要改变。那时《圣经》上的一切就要应验："死亡一定被得胜吞灭。"死亡啊，你得胜的权势在哪里？死亡啊，你的毒刺在哪里？

　　我们的主，我们的神，你就是荣耀、尊贵和权柄，因为你创造了万物，万物因你的旨意而创造、而生息。

第七乐章是最后的合唱，是摆脱了死亡的苦恼之后的宁静：

　　从今以后，在主的恩泽中死亡的人有福了。圣灵说："是的，他们平息了自己的劳苦，他们的业绩永远伴随他们。"

一九九九年四月十七日

没有一条道路是重复的

应《环球时报》周晓苹女士的邀请，我来为这部出色的小说集作序。其实这份工作应该属于陈众议教授，正是他的不懈支持，当然还有周晓苹的努力工作，才有了今天《小说山庄》的结集出版。

我不知道如何来谈论这部书带给我的阅读感受，这样的感受就像是在热烈的阳光里分辨着里面不同的颜色。这里的作者遍及世界各地，他们来自不同的国家和民族，生活在不同的时代，他们有着不同的宗教信仰和不同的语言文化，有着不同的肤色和不同的年龄，还有不同的嗜好和不同的习惯。太多的不同使他们无法聚集到一起，可是文学做到了，他们聚集到了这部书中，就像不同的颜色被光的道路带到了阳光里。

阅读这部书有时候仿佛是在阅读一幅世界地图，然而我们读到的并不是一张平面的纸，在那些短小的篇幅里，在那些巧妙的构思里，在意外的情节和可信的细节的交叉里，在一个个时而让人感动时而让人微笑的故事里,我们读到了什么?我觉得自己读到了一段段的历史,读到了色彩斑斓的风俗,读到了风格迥异的景色,当然这是人的历史、人的风俗和人的景色,因为在我们读到的一切里,我们都读到了情感的波动。我想这就是文学,文学中的情感就像河床里流动和起伏的水,使历史、风俗和景色变得可以触摸和可以生长。所以这部书并不是一幅关于国家和城市的地图,也不是关于航线和铁路的地图,这一幅地图是由某一个村庄、某一条街道、某一幢房屋、某一片草地和某一个山坡绘成的,或者说它是由某一个微笑、某一颗泪珠、某一个脚步、某一个眼神和某一个转瞬即逝的念头堆积起来的。它是由生活的细节和想象的细节来构成的,如同一滴一滴水最终汇成了无边无际的大海一样。

世界上没有一条道路是重复的,也没有一个人生是可以替代的。每一个人都在经历着只属于自己的生活,世界的丰富多彩和个人空间的狭窄使阅读浮现在了我们的眼前,阅读打开了我们个人的空间,让我们意识到天空的宽广和大地的辽阔,让我们的人生道路由单数变成了复数。文学的阅读更是如此,别人的故事可以丰富自己的生活。阅读这部书就是这样的感受,在这些各不相同的故事里,在这些不断变化的体验里,我们感到自己的生活得到了补充,我们的想象在逐渐膨胀。更有意思的是,这些与自己毫无关系的故事会不断地唤醒自己的记忆,让那些早已遗忘的往事和体验重新回到自己的身边,并且焕然一新。阅读一部书可以不断勾起自己沉睡中的记忆和感受,我相信这样的阅读会有益于自己的身心健康。

二〇〇一年十月十五日

什么是爱情

一九九九年的时候，比我年轻十三天的朱德庸来到北京，我在三联书店第一次见到了他，同时也见到了他的端庄能干的太太冯曼伦。此后朱德庸每次来北京我们都会见面，自然也会见到冯曼伦。就像在《双响炮》里读到丈夫时，必然会读到妻子一样。

这可能是一个不恰当的比喻，但绝不是一个影射。我不是说朱德庸和冯曼伦的家庭生活是另外一部《双响炮》，我要说的是没有一千个男人的形象，朱德庸就不会创造出《双响炮》里的男人；没有一千个女人的形象，朱德庸就不会创造出《双响炮》里的女人；没有一千个家庭的形象，朱德庸就不会创造出《双响炮》中的家庭。

有时候一个作者和一部作品的关系总是让人迷惑，当读者在作品中突然读到了自己的感受，甚至是十分隐秘的感受时，心领神会的美妙经历就会指引着他一路前行，到头来他会想入非非地以为这就是自己的经历，同时也会坚定不移地认为这也是作者的经历。可以这样说，一部作品中所有的人物都是作者自己，因为实实在在的经历并不是作者全部的生活，作者的生活里也包括了想象和欲望，理解和判断，察言观色和道听途说。其实读者也是一样，当他身临其境地读完一部作品后，这部作品中所有的人物也都是他自己了。从这个意义上说，在一部作品完成以后，作者和它的关系并不比读者多。

我想这也是《双响炮》为什么会如此引人入胜如此令人遐想的理由。几年前第一次拿起《双响炮》时，我只是为了随便翻上几页，结果我从夕阳西下一口气读到了旭日东升。在那个不眠之夜里，我差不多经历了一生中所有的笑声，大笑、微笑、嬉笑、苦笑、怪笑、冷笑、暗笑、坏笑、讥笑、似笑非笑，然后我发现自己喜欢上了漫画的方式。朱德庸的夸张简洁传神，将漫长杂乱的人生过滤成了铅笔清晰的线条，他寻找到了令人不安的叙述，男人永远在内心深处拒绝他的妻子，女人则是时时刻刻都在显示自己的不幸，而丈夫是她不幸的永恒的源泉。他们几乎每天吵闹，几乎每天都在盘算着如何摆脱对方和如何统治对方，事实是他们永远也无法摆脱对方，永远也无法真正统治对方。在这样的家庭里读不到爱情，甚至连爱情的泡沫都没有，读到的总是战争，这两个人就是家庭军阀，似乎一旦丧失了吵闹，他们也就丧失了生活的勇气。朱德庸几乎云集家庭生活里所有反面的素材，他表达出来的却是正面的经验，我觉得朱德庸说出了人生中十分重要的内容，那就是相依为命。对于追求片刻经历的男女来说，似乎玫瑰才是爱情；而对于一生相伴的男女来说，相依为命才是真正的爱情。朱德庸就是用这样的方式：一种漫画的巧妙的方式，一种激烈的争吵的方式，一种钝刀子割肉的折磨的方式，一种破罐子破摔的方式，一种死猪不怕开水烫的方式，一种上了贼船下不来的方式，一种两败俱伤的方式，告诉我们什么是爱情。

二〇〇三年一月五日

歪曲生活的小说

第奇亚诺·斯卡尔帕生于一九六三年的威尼斯，与苏童同龄。我见过他两次，第一次在罗马，在一家古老的餐馆里；第二次在都灵，在鸵鸟出版社的一个聚会上。第奇亚诺·斯卡尔帕是一个生机勃勃的光头男人，他和人拥抱时十分用力，而且喜形于色。《铁栅栏上的眼睛》是他的第一部小说作品，也是我第一次读到的他的作品。这个光头以前写过故事等其他形式的作品，后来也写过不少，他的主要作品有《宣言》《阅读》《影线》和《团结》等等，我想以后会有机会读到这些作品的中文版。

《铁栅栏上的眼睛》是一部歪曲生活的小说，我的意思是第奇亚诺·斯卡尔帕为我们展示了小说叙述的另一种形式。当我们的阅读习惯了巴尔扎克式的对生活丝丝入扣的揭示，还有卡夫卡式的对生活荒诞的描述以后，第奇亚诺·斯卡尔帕告诉我们还有另外一种叙述生活的小说，这就是歪曲生活的小说。

这部小说在一个女人和两个男人之间展开，不过这不是一部通常意义上的三角爱情小说，他们之间似乎有一些爱情，问题是第奇亚诺·斯卡尔帕的叙述油腔滑调，使小说中原本就寥寥无几的爱情也散发出了阵阵馊味。这三个人都是大学生，卡罗琳娜是美术学院的学生，她的谋生手段是给一家日本的漫画杂志补画人体的生殖器官，她的才华是为了让这些器官变得稀奇古怪和扑朔迷离，她认为自己的工作是要重新塑造这些玩意儿，而不是惟妙惟肖地去展示它们，一句话就是要歪曲它们。法布里齐奥是经济专业的学生，他的房东太太不相信香奈尔或者兰蔻这类化妆品，而是迷恋于年轻男子的精液，于是法布里齐奥每天都要为这位房东太太像挤奶一样挤两次精液，以此作为他的房费。阿尔弗雷德学的是文学，他正在准备一份让他时常陷入噩梦的论文，这篇论文专门议论陀思妥耶夫斯基小说中的反面人物。

应该说阿尔弗雷德是小说的叙述者，这位沉沦在"极度的苦闷和毁灭性的幻想之间"的陀思妥耶夫斯基的研究者，在四月的某一个下午走出了图书馆，他想闻一闻雨的味道，然后上了一艘小轮渡汽船。就这样故事开始了，阿尔弗雷德遇上了卡罗琳娜。当时的卡罗琳娜一副精神失常的模样，她浑身湿透，腹泻的污迹从裙子下面滴下来，渗入浅色的袜子上，若无其事的卡罗琳娜随后翻身跳进了大运河。阿尔弗雷德与卡罗琳娜相遇之后，他研究的热情开始从陀思妥耶夫斯基的反面人物转到了卡罗琳娜这里，他收集整理了这位姑娘以及她和法布里齐奥关系的消息、资料和日记。整部小说的叙述似乎就是消息、资料和日记,如同烟火似的零散和耀眼。卡罗琳娜和法布里齐奥是一对年轻的情人,可是若要从他们那里去寻找爱情,就像在两棵枯树身上寻找绿色一样困难。法布里齐奥每天必须两次将自己的精液挤出来,带着体温贡献给房东太太已经衰老而且还在衰老的脸,当他再面对卡罗琳娜时,他还有什么呢?卡罗琳娜也强不到哪里去,由于经济拮据她只能住在爷爷的房子里,她那好色的爷爷连孙女都不会放过。卡罗琳娜不堪忍受爷爷的性入侵,决定搬走,于是她的爷爷就向她保证再不会强暴她了,她留了下来,可是没多久,她的爷爷又重操旧业,卡罗琳娜夺门而出,在雨中走上了轮渡汽船。小说结尾时解答了开始时留下的疑问,卡罗琳娜为什么走在人群里时让腹泻物顺着腿往下滴?卡罗琳娜为什么跳进了大运河?

第奇亚诺·斯卡尔帕在这部小说中尽情发挥了他歪曲生活的才华,叙述是由截然不同的两组语言组成,一部分是堂皇的书面语言,另一部分则是粗俗的垃圾语言,两类风格的语言转换自如,就像道路和道路的连接一样,让阅读在叙述转弯的时刻几乎没有转身的感觉。这样的叙述风格有助于第奇亚诺·斯卡尔帕写作的欲望,这个光头作家在描述生活时,甚至是浅显明白的生活时,使用的差不多都是被歪曲或者正在被歪曲的材料,他这样做其实是为了让生活在我们的视野里突出起来,或者说让我们的感受在我们的生活中浮现出来。

我想这是第奇亚诺·斯卡尔帕歪曲生活的真正用意，也是他写作的乐趣所在。值得注意的是，第奇亚诺·斯卡尔帕在使用那些歪曲的材料时，并不是将它们建立在虚无之上，或者说建立在歪曲之上。恰恰相反，他将这些歪曲了的材料建立在扎实的生活之上，而且很好地去把握这中间的分寸。当写到卡罗琳娜跳进大运河，阿尔弗雷德也跳进水中去救她时，第奇亚诺·斯卡尔帕没有忘记一个小小的生活细节，他让阿尔弗雷德在落水之前先将照片塞进衬衣里。那是阿尔弗雷德为关于陀思妥耶夫斯基那篇论文所筛选的照片。我的意思是说，第奇亚诺·斯卡尔帕在这样的叙述里要做的不是抹杀什么，而是要抢救什么。让那些逐渐消散到岁月里的记忆，让那些逐渐淹没在生活中的奇思妙想重新出人头地。有时候，歪曲生活的叙述比临摹生活的叙述更加接近生活本身，第奇亚诺·斯卡尔帕很轻松地证明了这一点。

很多年前，我在阅读法国作家拉伯雷的小说《巨人传》时，曾经读到过拉伯雷引用的大段的法国民间谚语，其中有一句让我至今难忘，意思是若要不让狗咬着你，最好的办法就是永远跑在狗的屁股后面。我在想，要是用跑在狗的屁股后面这样的思维方式来阅读这部《铁栅栏上的眼睛》，那么就有可能获得更多的乐趣。

二〇〇三年一月二日

两位学者的肖像

一九一〇年二月二十六日,二十一岁的高本汉搭乘瑞典东印度公司的"北京号"货轮,与一千公斤炸药结伴同行,经过两个月的海上漂泊,抵达了上海,然后一路北上,在北京稍作停留以后,来到了山西太原。就这样,这位伟大的学者在中国的战乱和瘟疫里,在自己的饥寒交迫里,开始了他划时代的研究工作——历史音韵学和方言学。很多年以后,高本汉的学生马悦然教授指出:在索绪尔死后发表的《普通语言学教程》前一年,高本汉的《中国音韵学研究》已经发表。

这是一位勤奋的学者,马悦然在《我的老师高本汉:一位学者的肖像》的中文译本的序言里说:"通过其充沛的精力与过人的智慧,高本汉独立地使瑞典成为世界上汉学方面具有领先地位的国家之一。高本汉的研究涉及汉学的许多方面,如方言学、语音学、历史音韵学、语文学、考证学以及青铜器的年代学。他在学术上的著作对深入了解汉语的历史演变有重大意义。"

从马悦然精心编辑的高本汉作品年表来看，从一九一四年到一九七六年期间，他的专著出版和论文发表似乎应该按季节来计算，而不应该按年度计算。我看不出他什么时候休息过。偷懒的事他肯定是一辈子都没干过，就像他的母亲艾拉一样，艾拉说过："懒的长工和温暖的床很难分开。"我担心高本汉可能成年后就不知道床的温暖滋味。好在他小时候知道母亲怀抱的温暖滋味，他在一九一〇年十月发自山西太原的一封信里写道："我永远不会忘记，我还是一个小不点的时候，'懒'在妈妈的怀抱里是多么舒服。"

马悦然在书中写道："一九五四年为庆祝高本汉六十五岁生日，远东博物馆里的人把他过去发表在博物馆年刊上的文章结集后用精装出版，高本汉激动地喊出：'真他妈的，我多么勤奋哪！'"

如此勤奋的老师必然会带出勤奋的学生，一九九七年我们一行人在斯德哥尔摩参观瑞典学院图书馆时，图书馆工作人员事先将马悦然的专著和翻译作品堆满了一张很大的桌子，就在我们感到惊讶时，工作人员告诉我们：还有一些马悦然的作品没有放上去。当时站在一旁的马悦然不好意思地微笑着，令我印象深刻。

高本汉、马伯乐、伯希和这一代汉学家艰苦的学习经历，是今天学习中文的西方学生难以想象的，后来的马悦然这一代学者也是同样如此。马悦然在正式学习汉语之前，在准备拉丁文考试时，为了消遣，阅读了英文、德文和法文版的《道德经》，他惊讶三种译文的差距如此之大，便斗胆去请教高本汉，歪打正着地成为了高本汉的学生。马悦然没有回到乌普萨拉，他留在了斯德哥尔摩，最初的几周里他"在中央火车站大厅长椅上、在公园里和四路环行电车上度过很多夜晚，甚至在斯图列广场，那里有适合人躺着的长椅子"。马悦然写道："这些困难丝毫没有降低我得以在高本汉指导下学习中文的兴趣。"

二〇〇七年八月，我们开车从斯德哥尔摩前往乌普萨拉的路上，马悦然回首往事，讲述了高本汉第一次正式给他们上课时，拿出来的课文是《左传》。我听后吃了一惊，想象着高本汉如何在课堂上面对几个对中文一窍不通的学生朗读和讲解《左传》。马悦然最早对中文的理解，就是发现中文是单音节的，他用手指在桌子上单音节地敲打来记住中文句子的长度。我在想，马悦然为何有很长一段时间沉醉于四川方言的研究？可能与此有关，是中文全然不同于西方语言的发音引导着他进入了汉语，然后又让他进入了博大精深的中国文化。

也是二〇〇七年，我在中国的报纸上读到马悦然的学生罗多弼教授接受采访的片段。罗多弼是在六十年代，也就是"文革"时期跟随马悦然学习汉学，当时瑞典的大学生里也有不少左翼分子，罗多弼和他的同学们要求马悦然停止原来的中文课程，改用《毛泽东选集》和《红旗》杂志上课。

七十年代，西方的留学生来到中国之前，开始接受简单的中文教育，教材是中国政府提供的，都是"我的爸爸是解放军""我的妈妈是护士"之类的。他们来到中国，和当时的工农兵大学生接受同样的教育。当中国的工农兵大学生问他们的爸爸和妈妈是做什么工作时，几乎所有的西方留学生都是这样回答："爸爸是解放军，妈妈是护士。"因为除了"解放军"和"护士"之外，他们不知道其他职业的中文应该怎么说。

　　到了八十年代，"文革"结束了，改革开放开始了，留学生一到中国就学会了"下海""市场经济"这样的汉语词汇。九十年代以后，我遇到过一个美国女学生，到北京才几天时间，就会说："男人不坏，女人不爱。"……

　　我觉得，汉学家的历史，或者说学习汉语的历史，其实也折射出了中国的历史。这是从一个奇妙的角度出发，浓缩了中国社会的动荡和变迁。

　　因此，当我收到马悦然所著的《我的老师高本汉：一位学者的肖像》时，我知道自己将要阅读的是汉学史的起源。这本书伴随了我今年五月至六月的欧洲七国之行，又伴随了我七月的三次中国南方之行。每次住进一家旅馆时，我打开箱子后的第一个动作就是将这本书拿出来放在床头。

　　这是漫长的阅读，也是密集活动和旅行疲劳里的短暂享受。阅读这本书是愉快和受益匪浅的经历，可是评论这本书不是一件容易的事。因为马悦然在《我的老师高本汉：一位学者的肖像》一书中，将人物传记、历史学、社会学、人类学、语言学、文学叙述和汉学研究熔于一炉。

在这本书中，我们随时可以读到马悦然对老师高本汉由衷的尊敬之情，然而对老师的爱戴并不影响马悦然客观的叙述。马悦然在序言里引用了威尔斯的话："一个人的传记应该由一个诚实的敌人来写。"其后他自己写道："我猜想，这句话的用意在于提醒那些传记作家，切记不要过多地美化他们描写的对象。我在写作时，把这句话牢记心中。"

确实如此，当一场战争阻止了高本汉强大的学术竞争对手，法国汉学家伯希和进入与高本汉相同的研究领域时，高本汉当时幸灾乐祸的心情在马悦然的笔下栩栩如生。还有高本汉年轻时的狂妄和功成名就后的骄傲，马悦然也是淋漓尽致地表达了出来。当然，我要说明一下，马悦然在这里是用一种欣赏的笔调来表达高本汉如何从狂妄走向骄傲的。有趣的是，在马悦然笔下，年轻时的高本汉虽然狂妄，却仍然有着和现实妥协的本领。高本汉高中时当选为"母语之友"协会的主席，该协会每年的迎春会都要演出一部话剧，当协会的多数理事提议演出斯特林堡的作品时，立刻遭到高本汉的反对，他的理由是斯特林堡"在广大公众中的形象不佳，在选择剧目的时候应该考虑观看演出的公众"。

这本书是从一篇优美的散文开始的，是高本汉十三岁的时候描写自己家乡延雪平的一篇作文。高本汉的文学才华在此初露端倪，差不多四十年以后高本汉用克拉斯·古尔曼的笔名发表了三部长篇小说，多数评论家给予了赞扬。马悦然用顺叙的方式讲述了高本汉的故事，同时又不失时机地将中国的动荡和欧洲的变迁尽收眼底，还有音韵学、文字学、语言学、语音学等等十分专业的研究，也是水到渠成地书写了出来。

我的阅读时快时慢。最快的部分来自高本汉的成长故事和他家人的性格描写，我喜欢高本汉的兄弟姐妹，更喜欢高本汉的母亲艾拉，这位一生勤劳的女性十分风趣，她说自己"只有到永远不做弥撒，猪该剪毛时才肯休息"，而且每个孩子都会从艾拉那里获得一个美好的外号，比如高本汉是艾拉的"我的帅哥"。艾拉的幽默里时常是尖酸刻薄，她说："你向一只手发愿，向另一只手啐唾沫，你看哪一只手最行！"还有"有时候魔鬼该杀也得杀"。高本汉在一九一五年一月二十四日写给未婚妻茵娜的信中，尖刻和幽默地提到了他在学术上的劲敌伯希和，他在信中说："我今天本来想给沙畹写信，问一问伯希和是否还活着。他肯定还活着，坏人长寿。再说了，打死这么能干的一个人也不光彩。"

马悦然在书中写道："我们有理由相信，高本汉戏剧性幽默和有时尖刻的语言可能是来自母亲的遗传。"

二十多年前，我第一次阅读斯特林堡的作品时，被他尖刻的幽默深深吸引。此后心里十分好奇，因为瑞典人在我心目中曾经是稳重和保守的形象，斯特林堡的作品改变了我的这个看法。现在我读完《我的老师高本汉：一位学者的肖像》以后，相信尖刻的幽默是瑞典人性格的重要内容，因为我在这本书中读到了这样的句子："你是如此的愚蠢，就像上帝是那么的聪明。"

最慢的阅读部分来自这本书的第八章"他使遥不可及的语言变得近在咫尺"。虽然马悦然使用了散文一样的亲切笔调，深入浅出地展示了高本汉的学术成就，可是没有经过相关专业训练的我，阅读起来仍然感到吃力。我在阅读这一章所花去的时间，超过对其他所有章节的阅读时间。

马悦然从汉字的结构开始，经过了汉语的语音系统、古代汉语的音韵学结构等，论述了高本汉构拟和训释方面杰出的研究工作。最后讲述了高本汉如何让拉丁字母东进，在一九二八年的伦敦中国学会上做报告《汉语的拉丁字母》。高本汉在这一年"认为中国必须创造西方文字的拼写方法，以便创造一种基于口语的新文学"。

在这个问题上，马悦然客观地赞扬了高本汉的老朋友，美国伯克利大学的赵元任教授。马悦然说："由赵元任等创造并遵循高本汉讨论的原则的那套标音系统国语拉丁字母系统不为高本汉所接受，理由是'离真实的读音相去甚远'。"马悦然继续说："高本汉似乎没有发现赵元任拉丁字母系统的最大优越性。主要由两个或两个以上的音节组成的现代普通话的词借助拉丁字母拼音系统很容易联写：huoochejann（火车站），tzyhyoushyhchaang（自由市场）。"

就像在阅读全书时可以感受到马悦然的博学多才一样，阅读本书第八章的专业叙述段落时，可以充分领教马悦然深厚的学术功底。这一章的阅读给予我这样的暗示：马悦然是以自己的学术研究来阐释高本汉的学术研究。

事实上，这样的暗示一直贯穿着我对这本书阅读，当叙述来到高本汉丰富的人生经历时，我也同样感受到了马悦然的丰富人生经历。我在读到这些段落的时候，眼前总是浮现出马悦然的形象，他喝着威士忌，兴致勃勃地讲述自己那些引人入胜的故事，讲到关键处常常戛然而止，举起空酒杯，用四川话说道："没得酒得。"

为什么我要将马悦然所著的《我的老师高本汉：一位学者的肖像》的副标题借用过来，改成《两位学者的肖像》作为此文的题目？这是因为我在阅读陌生的高本汉时，常常感受到熟悉的马悦然。基于这样的理由，我相信任何一个文本的后面都存在着一个潜文本。

二〇〇九年八月八日

罗伯特·凡德·休斯特在中国摁下的快门

记得二〇〇九年六月初的一天，法兰克福阳光明媚，德国电视一台（ARD）的摄制组拉着我到处走动，让我一边行走一边面对镜头侃侃而谈。他们首先把我拉到了法兰克福著名的红灯区，妖艳的霓虹灯在白天里仍然闪烁着色情的光芒，他们试图让我站立在某个暧昧的门口接受采访，马上有人从里面走出来驱赶我们，尝试了几次又被驱赶了几次以后，我只好站到了车来车往的十字路口回答他们的第一个提问。然后又被他们带到了几处又脏又乱的地方，或站或坐地继续接受采访。我的德国翻译跟在后面，一路上都在用中文发出不满的嘟哝声，他说法兰克福有很多美丽的地方，为什么不去那里？为什么尽是在法兰克福落后的地方拍摄？

现在，罗伯特·凡德·休斯特的《中国人家》在中国出版了。我想，可能也会有一些中国人发出不满的嘟哝声。中国经历了三十年的经济高速增长，已经成为世界第三大经济国，繁荣的景象随处可见,可是罗伯特·凡德·休斯特却热衷于在中国的落后地区摁下快门,虽然他的镜头也有过对准富裕人家的时候,可是次数太少了。因此一些中国人可能会觉得,罗伯特·凡德·休斯特没有足够地表达出中国三十年来翻天覆地的变化,虽然他的作品里已经流露出了这样的变化,问题是在为数不多的表达了生活富裕的画面上,罗伯特·凡德·休斯特却让它们尽情散发出庸俗的气息。反而是在那些表达生活贫困的画面上,罗伯特·凡德·休斯特拍摄下了真诚和朴素的情感。于是,一些中国人可能会感到疑惑,这个荷兰人的葫芦里卖的什么药?

我想,这样的批评者往往以爱国主义自居。无论是在中国,还是在其他国家,爱国主义常常是用来批评艺术和艺术家的最好借口。我不认为这是真正的爱国主义,这只是一种口水的爱国主义,或者说爱国病,在其骨子里其实展示了人类的虚荣之心。虽然我们的现实生活里存在着废墟,可是我们愿意展示的却是美丽的公园。

就像人们独自在家中的时候可以是一副邋遢的模样,可是走出家门的时候就要梳妆打扮一番。人人都想拥有一个光鲜体面的外表,除非穷途潦倒成为了乞丐。如果让人选择,是以邋遢的模样面对照相机,还是以体面的模样面对照相机时,我相信所有的人都会选择体面的模样。我和罗伯特·凡德·休斯特也不会例外,因为虚荣之心人皆有之。

当然，这也是每个人的尊严。问题是人们对尊严的理解不尽相同，有些人认为富贵和繁荣代表了尊严，高楼大厦鳞次栉比、高速公路纵横交错、商店里奢侈品琳琅满目等等的景象代表了尊严。另外一些人却并不这么认为，这些人认为尊严来自于人们的内心，表达于人们的表情，尊严和富贵繁荣没有必然的关系。

我之所以乐意为罗伯特·凡德·休斯特的《中国人家》写序，就是因为我在他的摄影作品里看到了从内心出发，抵达表情的尊严。

罗伯特·凡德·休斯特精心设计了他需要的画面，然后摁下了快门。我感到，他在摁下快门的时候，心里充满了对被拍摄者的尊重，无论是人物，还是景物，罗伯特·凡德·休斯特都以感激之情对待。

这位不会说中国话的荷兰人，日复一日地游走在中国的农村，试图融入到一个又一个中国的家庭之中。他是如何跨过这条文化鸿沟的？他说："用眼神、用情感、用我的感受来交流。"

然后他成功了。他的尊重之心在那些贫穷的中国家庭那里得到了回报，他们热情地为他敞开了屋门，将他请入家中，用粗茶淡饭招待他。罗伯特·凡德·休斯特说："我被摄入镜头的中国家庭体现的强烈好奇心、极大的热忱和友善所感动。每次在他们家里，我还会感受到他们的决心、勇气和意志力量。看来他们只有一个行进的方向，那就是前进。"

如果有人质问罗伯特·凡德·休斯特：为何不是更多地去拍摄中国的富贵家庭？我愿意在此替他回答：那些亿万富翁的家门会向这个高个子灰头发的荷兰人敞开吗？中国人一直在说，中华民族是一个热情好客的民族。具有讽刺意义的是，罗伯特·凡德·休斯特的作品告诉我们，热情好客的民族传统现在更多地存在于中国的贫穷家庭，而不是富贵家庭。

而且，这个荷兰人的镜头在面对中国的穷人时，时刻感受到了"他们的决心、勇气和意志力量"。他们虽然贫穷，可是"他们只有一个行进的方向，那就是前进"。

我欣赏罗伯特·凡德·休斯特作品的客观性，《中国人家》将会令人难忘。里面的画面真实地表达了中国人的生存状态，我记得在一幅画面上，一个目光坚定的头像，其背景的桌子上摆着四个闹钟。我想借此提醒人们，在中国三十年翻天覆地的变化之后，还有很多中国人的生活，只是从一个闹钟到四个闹钟的进步。

二〇一〇年三月三日

来自中国的故事

《国际》每年最后一期是一个国家的短篇小说，作为一个时事政治类周刊，拥有如此美好的传统，令人尊敬，这是我愿意编辑今年中国专辑的原因。

中国有很多优秀的作家，写下了不计其数的优秀短篇小说，受到篇幅的限制，我选择了八篇，五位男作家和三位女作家的短篇小说。由于我的阅读有限，我选择的都是我认识的作家，张惠雯虽然没有见过，但是我与她有着通信联系。我选择这八个短篇小说的理由有两个，首先这是来自中国的精彩故事，其次是风格题材的多样性。

我先说说三位女作家。王安忆是中国当代文学的常青树，我三十八年前刚开始写作时，王安忆已是名闻遐迩，这三十八年来，她在作家和读者那里受到的尊重与日俱增。《比邻而居》延续了王安忆娓娓道来的叙述风格，通过公寓里的公共烟道，叙述者细致描述了邻居做菜的气味如何飘到自己家里的厨房和客厅。王安忆笔下没有出现一个邻居，出现的都是邻居做菜的气味，通过这些气味，王安忆写出了邻居的饮食喜好与生活态度。在上海大都市的喧哗嘈杂里，王安忆给予了读者只闻其声不见其人的意境。

《水晶孩童》是我读到的张惠雯的第一个短篇小说，应该是十多年前了，当时她在新加坡，现在她住在美国。我第一次读完《水晶孩童》时深受触动，感觉一个独特的作家出现了，这次重读时我是感动落泪。一个水晶男孩出生在小镇上，他的父母和小镇上大人孩子对待他的种种言行举止，令人唏嘘。在这部短篇小说里，张惠雯用真实的生活细节写出了她飞翔的想象力。

金仁顺的《纪念我的朋友金枝》是这组故事里的今天故事。金仁顺生活在中国东北的长春，这个短篇小说里所表现的是长春的年轻人的生活，也是今天中国城市里年轻人的生活。金仁顺在这个短篇小说里，展示了她刻画人物和写人物对话的能力，这应该是《纪念我的朋友金枝》为什么引人入胜的原因。

接下来我说说五位男作家，苏童和格非是与我同时出道共同成长的作家。苏童的《西瓜船》是这组短篇小说里篇幅最长的，故事背景应该是"文革"结束不久的苏州，故事的起因是陈素珍买了一只没有成熟的西瓜，她儿子寿来与卖西瓜的福三争执后，寿来用刀把福三捅死了。苏童没有去写寿来与福三的争执，也没有寿来捅死福三的描写，苏童是借助这个事件，用烘云托月的方式写下了芸芸众生，写下了那个时代，写下了这个精彩的短篇小说。

格非的《戒指花》是这组故事里最具有社会性的，不长的篇幅里有三条线索，记者丁小曼去采访一个子虚乌有的奸杀案，丁小曼与一个小男孩的相遇，丁小曼与主编邱怀德的暧昧关系。格非在这个短篇小说里保持了他从容睿智的叙述风格和驾驭复杂结构时的轻松自如，他把看起来不相关的内容不经意间拧成一股绳，让我们真切感受到来自社会的荒唐和心酸，关键是让荒唐和心酸同时来临。

毕飞宇是作家中的雕塑家，他的写作向来以人物为中心，与大多数作家在故事里安插人物不同，毕飞宇热衷于用人物去展开故事。《虚拟》是标准的毕飞宇风格，里面的祖父，还有父亲，每一个细节描写都是那么的扎实，扎实到了让人觉得他不是用笔，更不是用键盘，而是用雕刻刀，一刀一刀刻出来的。

《你不知道她有多美》里的时间地点是一九七六年唐山大地震，写下这个故事的东西，不是唐山人，他生活在距离唐山两千五百公里以南的南宁，也就是一点点道听途说，让东西才华横溢了，写出了隽永的单相思。他在描写青葵的美丽时充满了少年的憧憬，在描写从地震废墟里爬出来的人伤痕累累跑向机场时，既壮观又感伤，因为传言毛主席派飞机来接他们了。

双雪涛是这八位作家里最年轻的，他在东北的沈阳出生长大，现在定居北京。沈阳过去是中国的重工业基地，一九七八年改革开放之后逐渐衰落，双雪涛在衰落的环境里成长起来，他的作品里因此有一些衰落感。《杨广义》是一个衰落的传说，这是一个别具一格的短篇小说，字里行间都是规矩的写实，可是散发出来的气息里有着挥之不去的神奇。

很高兴为《国际》编辑完成这组来自中国的故事，感谢八位作家对我的支持，希望意大利读者能够在这组故事里读到中国的过去现在，读到中国的人情世故，最重要的是读到中国当代的文学。

二〇二〇年十月十八日

写作是一次又一次的自我解放

二〇一九年三月,我调入北京师范大学工作,有两个硕士研究生已在等待我这个导师了,其中一个是叶昕昀。叶昕昀当时给我的印象是不怎么说话,一副冷眼旁观的表情,即使在微信群里讨论某个文学话题时也不发言,只是在结束时会发上来一句"谢谢老师",这也是跟在其他同学的"谢谢老师"后面。她第一次给我私信是想考博,理由是继续学习写作。那时候我对她文学方面的才能不了解,没有读过她的作品,也没有听过她对文学的见解。我回信说欢迎报考,没有录取的话不要生气。可能是意识到应该让我这个导师对学生有更多的了解,她给我发过来三个短篇小说,有两篇收录在这个小说集里,《孔雀》和《乐园》。另一篇《慈航》没有收入进去。

叶昕昀是一个对自己的写作和作品有些刻薄的人,我们在讨论这个小说集的目录时,她不想把《慈航》和《乐园》收入自己的第一部小说集,她觉得这两篇小说不够优秀。我觉得可以放弃

《慈航》，因为《慈航》与整个小说集的风格有冲突，但是《乐园》应该在里面。

我认为她低估了《乐园》的价值，家人之间的冷漠在她笔下恰如其分地表现出来，重要的是冷漠在她的叙述里不是僵硬的，温情在冷漠里时隐时现，从而让冷漠显得生动和真实，尤其是真实，因为冷漠不是一成不变的。从故事的角度说，通常情况下母亲和女儿各自失去儿子，会让读者感到过于巧合，在《乐园》里没有这个问题，成熟的叙述可以去抹平、填补和消解故事中的不合理因素。《乐园》虽然是叶昕昀最初的写作，可是她出手就已成熟。况且，《乐园》的叙述风格与这部小说集也是吻合的。

《孔雀》可以说是叶昕昀的成名作，是我读的叶昕昀的第一篇小说，是她建议我先读《孔雀》。我读完后很惊讶，这不是学生的习作，这是一个成熟作家完成的一篇优秀作品，尽管小说里还存在些许不足，但是足够令我满意了。我把《孔雀》发给莫言，请他读一下。我给莫言的微信里说我们学生的作品普遍缺少烟火气，这篇《孔雀》有烟火气。莫言很快读完，他很欣赏这篇小说，他认为小说还有上升的空间，应该好好修改一下。我和莫言准备用一个下午的时间与叶昕昀讨论《孔雀》，我们国际写作中心其他老师知道后，不同意只是我们三个人讨论，应该让所有学生参与进来，于是有了后来的写作指导工作坊，给一个又一个学生的作品开讨论会，我们开的不是表扬会，是指出学生作品中的不足，这有益于他们的成长。

我把叶昕昀修改后的《孔雀》发给苏童,苏童读完后给我电话说写得好,他的声音很高兴,为我们有这样优秀的学生高兴。之后,《孔雀》在《收获》杂志的青年作家专辑里重点推出,叶昕昀因此崭露头角。

《孔雀》是一篇宽阔的小说,叶昕昀的描述触及到了不同的社会生活,这是在大约两万字的篇幅里做到的。《孔雀》并非开放结构,开放结构的优点是可以扯进来不同的和不相关的人与事,缺点是稍有不慎就会四散开去,无法追回,一盘散沙。《孔雀》有着完整的故事,故事的最后还有反转,有反转必然要有之前的铺垫,这些叶昕昀都很好地处理了。里面的人物也就两个,加上父亲的话勉强三个,其他有名字和没有名字的人物都是在杨非和张凡的讲述中顺理成章出现的,没有节外生枝之感。叶昕昀在处理杨非和张凡的讲述时,不是简单地让两个人讲述各自的经历,而是与讲述时的情绪、环境和故事的发展环环相扣。比如张凡当兵时因为抓捕一个毒贩,被毒贩用刀刺瞎眼睛,杨非说毒贩挺狠毒的,张凡却说毒贩没下狠手,要是朝他脖子捅的话,他肯定死了。叶昕昀是一个不失时机的叙述者,她不会放过这只被刺瞎的眼睛。杨非觉得张凡那只假眼挺逼真的,问他是不是马眼睛。因为杨非小时候住在丝厂大院时,一个男孩被鞭炮炸瞎了眼睛,眼眶里装上了马眼睛。张凡摇头说不是,是玻璃的。这个延续性的对话表现出来的是小说的质感,也是生活的质感。

关于假眼的情节还在延续,重要的是叶昕昀不是一个急功近利的叙述者,上面的对话引出丝厂,然后是以前的生活片断和正在发生的生活片断,叶昕昀对人物状态和生活状态的把握十分细致,差不多六页之后,与假眼有关的情节再次出现,那时候杨非和张凡坐在河边,耐心的景物描写和简洁的忆旧之后,思维时常跳跃的杨非突然问张凡,毒贩扎他眼睛的时候疼吗。张凡没有马上回答,他看着眼前宽阔的大桥,从前是很窄的桥,他上中学时自习后骑车过桥,借住在大伯家只有三平米的小房间,这个房间之前是他奶奶住的。叶昕昀在这里让张凡引出了他的奶奶,奶奶很安详地死去,"那对陪伴她大半辈子的、长长的玉石耳坠将她的耳朵坠到了底。"张凡小时候问奶奶,你什么时候死?奶奶说耳洞坠到底,就死了。张凡在记忆里结束有关奶奶死去的样子时,感觉当时眼睛被毒贩刺中时,自己的眼睛也坠到底了。然后张凡说,当时没感觉,后来觉得疼。杨非问那个毒贩呢,张凡说被他的战友一枪击毙。然后李哥出现了,那个击毙毒贩的战友,另一类型的生活开始被讲述了起来。需要说明的是,李哥不是紧接着出现的,是在张凡讲到毒贩被击毙的三页之后出现的。我前面说过,叶昕昀是一个不失时机的叙述者,但她不是一个急功近利的叙述者。

《孔雀》就是这样的叙述构成的,上面所举例的只是一个方向,小说里还有其他方向,叶昕昀不断地写开去,又轻松地写回来，行云流水般的自如，而且描写与刻画准确到位。在这篇不到两万字的小说里，呈现给我们的是远远超过篇幅的丰富。在这样一篇有着完整故事，并非开放结构的小说里，叶昕昀写出了开放性，叙述面向了最大化。这个不是深谋远虑，是写作时即兴的感觉，叶昕昀拥有了小说家十分宝贵的品质，天赋的感觉，感觉指引她以这样的方式写下了《孔雀》，这让我意识到这个学生蕴藏的写作能量。

《河岸焰火》是叶昕昀第四篇完成的小说，是这个小说集里篇幅最短的。这是一篇没有表现因果关系的小说，小说写下的只是一个片断，或者说是人生中的一个瞬间，一个女人决定离开人世，之后又放弃了这个决定。这是一篇两段式的小说，第一段写下了与女儿告别的场景，叶昕昀写下了冷酷的平静，没有一丝情感的流露，只是事物的描写。小城习惯放烟花来庆祝元宵节，人们拿着烟花走向河流最为宽阔之处，只有母女两人坐在警务亭的街对面的露台上。看着走去的人们，好奇心让天真的女儿一直在向女人发问，女人只是麻木地回答，叶昕昀细致入微地写下这个生活场景。第二段是女人告别女儿之后走向死亡的描写，与第一段一样细致的生活场景描写，也是一样的随意，只是这随意里涌动着心如死灰般的机械言行。

对话在叶昕昀的叙述里占据重要的地位，每次出现都是恰如其分，她既能写不动声色里暗藏玄机的对话，也能写一目了然的生活对话。在父亲这个角色始终缺席的《河岸焰火》里,天色稍暗时刻,母亲终于点燃女儿手中的烟火,烟火熄灭后,女儿的快乐意犹未尽之时,母亲决定与女儿诀别了。

"你在这里玩,妈妈去买点东西。"女人说。

女孩乖巧地点头。

"一会儿天黑了,如果我还没回来,你应该去哪里,记得吗?"女人问。

女孩指了指街对面不远处的警务亭,说:"找警察叔叔。"

女人点点头,她这时蹲下来,再次为女儿拉了拉头上的帽子,女孩躲在帽子里,笑脸红扑扑的。

她说:"我走了。你玩的时候要小心。"

女孩点点头。

女人站起来的时候,又问女孩:"记得见到警察叔叔要说什么吗?"

女孩说:"记得。"

这个对话到此为止,叶昕昀没有让女孩说出见到警察叔叔应该说什么,只让女孩说"记得"。这是感觉的天赋,也是冰山一角式的对话,《河岸焰火》就是一篇冰山一角式的小说,是什么原因让一个母亲忍心抛弃女儿去向死亡,无人知道,叶昕昀也不知道,因为原因已经深在海水之中。

再来看看叶昕昀叙述里另一类型的对话,就是我前面所说的一目了然的生活对话。这是《孔雀》里一段对话,杨非小时候学习民族舞,老师说她跳孔雀舞好看。杨非说到这里问张凡,杨丽萍你知道吗?张凡点头说,知道,我妈喜欢吃的那个糕点,包装上印着她。

《河岸焰火》之后,叶昕昀不再是散漫的写作,进入了正式写作的轨道,一年多时间里写下了《午后风平浪静》《雪山》《最小的海》《周六下午的好天气》和《日日夜夜》。

《午后风平浪静》将现在与过去、虚与实交织在一起,可以看出来叶昕昀充分自信以后放飞自己的写作,我觉得现在和过去的两个部分里的生活场景描写很精彩,这是实的部分,而虚的部分,或者说是人物精神扩张之后的幻觉描写,虽然显示了叶昕昀拥有了去进行大幅度描写的才华,仍然没有令我满意。当然文学是开放的,不同的读者会从中获得不同的感受,我这里所说的,只是其中一个读者的声音。

《雪山》是一篇让我吃惊的小说,初稿是另外一个题目,叙述是另外一个方向,我当时告诉她,我担心她的写作可能因此走上弯路。她思考了几天后将这篇小说搁置下来,去写其他的,直到准备结集出书的时候,才把修改稿发给我,我当时琐事缠身,没有认真读,只是看看叙述的方向是否修改过来了,看到改过来了,告诉她可以收进小说集了。这次认真重读后，十分吃惊，远超我的预期。我读到的是锋利精准的描写，貌似平凡实质强劲的对话，故事充满张力，直指人性的深处。

《周六下午的好天气》在这八篇小说的集子里有点特别，也是我读到的叶昕昀第一篇以群像描写开始的小说，"我""大瘤""米线""武松"的"门诊友谊"写得十分生动，在"我"与"基努"的叙述线索里，生动的叙述很好地下沉了。我对于叶昕昀能够将人物写得栩栩如生，没有感到惊讶，这部小说集没有收入的《慈航》，大概是叶昕昀第一篇小说，里面的人物个个生动有趣。但是她刻画群像的能力我是第一次领受，她写得秩序井然收放自如，这让我对她接下去的长篇小说的写作充满期待，因为长篇小说对于作者的索取比短篇小说更加贪婪。

《最小的海》和《日日夜夜》可以放到一起来说，这是两个不同的故事，各自的人物也不同，但是两个叙述指向一个方向。我在她最初发给我的《孔雀》和《乐园》里，已经看到了她写作的这个方向，当时是隐隐约约，经历了《河岸焰火》《午后风平浪静》《雪山》，包括《周六下午的好天气》，逐渐明显起来，到了《最小的海》和《日日夜夜》的时候，可以说是一览无余了。那就是叶昕昀擅长刻画畸形的人性，不是那种表面的变态的畸形，而是深入到人性深处的畸形。从这个角度来说的话，《日日夜夜》比《最小的海》更为深入。她是怎么做到的，我想这是她拥有了十分有力的叙述,娓娓道来之中让我们的阅读心神不宁。

这几年来,作为叶昕昀的导师,每次阅读她的新作都是一次新的体验,我不知道她接下去的写作里还能爆炸出什么能量,她自己也不知道,只有写下去才知道。

有一点我是知道的,叶昕昀每次的写作恍若一次不归之旅,像是《河岸焰火》里的女人,抛弃女儿走上了不归路,谢天谢地的是,女人最终还是回到了女儿那里。叶昕昀每次的写作也是如此,最终还是回来了,因为写作对于叶昕昀是自我解放,一次又一次的自我解放。

二〇二三年八月十一日

凭空捏造事实的本领

武茳虹是我从苏童那里摘来的桃子,她的硕士导师是苏童,博士导师是我。传言因此出来了,说我抢了好几个苏童的学生,其实我只摘了一个桃子,苏童其他的桃子我至今没有再摘,以后就不好说了。我也鼓励我的硕士们去考苏童和莫言的博士,不要一直跟着我,换一个导师就是换一片天地。武茳虹换了导师之后好像没有换出一片新天地,她只是增加了一个导师。虽然武茳虹就读博士之后,苏童向她宣布:以后我不管你了,余华管你。苏童嘴上这么,私下里仍然插手武茳虹的事。苏童是难得的好老师,别说是跟随他学习了三年的武茳虹,就是其他教授的学生向他请教时,他也是倾囊相授。苏童早我四年调入北师大国际写作中心,他了解我们的学生,尤其是武茳虹,她是他的得意弟子之一,现在武茳虹也是我的得意弟子之一。武茳虹博一的时候,我几次去与苏童交流她写作的长处和短处,以及她写作的方向应该在哪里,因为苏童深知她写作的成长过程。每次与苏童讨论,我们都是看法一致，然后我再去与武茳虹说，你应该怎么怎么写，谈话结束时我会加上一句，苏童也是这么认为的。现在我与武茳虹讨论她新写的小说时，不再用苏童的虎皮了，我现在对武茳虹的了解不亚于苏童，自我感觉有些方面更胜一筹。

我们作为北师大文学创作方向的导师，是无法教学生写出优秀作品的，学生写出优秀的文学作品，全靠自己的天赋和努力，但是有一点我们能够做到，就是让学生少走弯路，最好别走弯路。我们自己的写作历程里都是走过弯路的，而且不止一次，这样的弯路往往是写作的起步阶段走上去的，幸运的是我们都走回来了。我们的经验可以让学生起步的时候尽量避开弯路，坚持走在正道上。

苏童在对武茳虹众多的表扬里，有一句话说得非常好，他说：武茳虹听得懂我们的话。这句话看上去其貌不扬，其实是单刀直入，说出了武茳虹是一个领悟力很强的写作者，只要指出她的小说中存在的某些不足，她马上自我纠正过来，而且往往超出我们的期待，所以我和苏童一致认为武茳虹已经在文学之中了。

现在的武茳虹是一个天赋型作家，拥有广阔的想象力，很好的语言感觉，叙述行云流水。《收获》主编程永新表扬她有奇思异想，我的感觉是她有着在写作中凭空捏造事实的本领，这里的凭空捏造是褒义。武茳虹至今的人生里还没有离开过学校，将来她走出校门，走上社会，摸爬滚打，有时候春风得意，有时候鼻青脸肿，这之后我不知道她会写出什么样的作品，我对此充满期待。武茳虹性格里有一种让我深感欣喜的特征——深入，不断深入。她对待文学，对待自己的写作，一直在不断深入进去。有一次，天刚黑下来的时候，我们走在北师大的校园里，一起去西北餐厅吃晚饭，苏童提到她小说中的一个细节可以展开来写，那是她不熟悉的事，所以一笔带过，这又是苏童熟悉的，她因此缠着前导师苏童一个接着一个地追问，苏童详细讲述之后，她还在追问，她要让自己身临其境。她的这种死缠烂打似的追问，换个好听的成语，锲而不舍的追问，也不会放过我这个现导师。

《河桥孝子》是武茳虹第一部小说集，收录了她进入北师大之后写下的十二个短篇小说，这不是她全部的作品，是她挑选出来的。里面的《儿子》，是我读的武茳虹的第一篇小说，正是这篇小说，让我看到武茳虹在写作中凭空捏造事实的本领，她写作时凭空捏造出来的事实，不是胡涂乱抹，不是胡编乱造，她是以证据确凿的方式，步步为营写下来，最后谣言变成了事实。

儿子来的时候并无征兆，他径直穿过街道，旁若无人一般，自然又冷静地敲开了单身汉家的大门。

起先单身汉是感到惊悚的，因为他打开门时看到了一张酷似自己的脸。那人风尘仆仆，正静静地端详着他，或者说他们在端详彼此，这种冰凉的打探让他怀疑是日暮之下的错觉。但那人只是温和、甚至有些谦卑地说，父亲，我是您的儿子。那人好像能看穿他的心思一样。单身汉茫然地说，开什么玩笑，我哪来的儿子？说着他抬头触到了那人的目光，像是想起什么似的，他开始越发语气强烈地否认，我真的没有儿子，更没有私生子。

那人只是静静地站着，他的声音混入了黄昏的钝感，听来尤为肃穆，父亲，我就是您的儿子。您曾经说过在您过寿的日子我要来找您的，为了不让父亲食言，我片刻也没有停歇。我的母亲，他顿了一下，继续说道，是白各庄的白寡妇，您不会忘了她吧？

这是《儿子》的开篇，从这个开篇里就能看出来，武茳虹叙述里有一股气势，虽然这样的气势在武茳虹现有的作品里时有时无，这是因为题材和故事不同之后，让武茳虹没有机会发挥出来，但是她拥有了，已经存在自己的账户里了，以后需要的时候她就会取出来挥霍一阵子。况且她还有另外的账户，里面储存的是细腻和敏感。在文学才华方面，武茳虹已经实现财务自由。

《儿子》的故事是这样的，一个老单身汉一生没有碰过女人，只有一次偷看村里寡妇偷情的经历，就是这仅有的一次偷看，也是匆忙又惊慌。单身汉遭受村里人的嘲讽和寡妇的辱骂，他的自尊受到伤害后吹牛了，虚构了一个白各庄和一个白寡妇，又虚构了他和白寡妇生有一个孝顺的儿子,将来会来为他养老送终。小说开篇就是他虚构的儿子来了,接着武茳虹一步一步写下去,让这个凭空捏造的儿子成为事实中的儿子,并且心甘情愿地让这个儿子给自己送终,让儿子亲手埋葬自己。

我很想在此仔细分析武茳虹在叙述上如何以步步紧逼的方式让单身汉就范的,可是稍作尝试我就放弃了,我意识到要完成这个工作,需要引用大段的原文,而且引用的原文篇幅会超过这篇序言的篇幅。在《儿子》里,虽然有些细节和对话的叙述分寸在我看来存在不足,这个不重要,她在以后的写作中会自觉地逐渐解决。我要强调的是,将不可能写成可能,需要充沛的想象力和扎实的表现力,武茳虹已经拥有这些了,让我高兴的是,在《儿子》这样逼迫似的叙述里,武茳虹时常放松地支离一下,从而增强小说的生活质感。

《萨耶沙漠》是我读到的武茳虹第二篇小说,这是她进入北师大以后写下的第一篇小说,可以这么说,《萨耶沙漠》是武茳虹正式写作的开始。武茳虹来到北师大后出手阔绰,上来就是《萨耶沙漠》。从短篇小说的要素来看,《萨耶沙漠》是那类可以经受挑剔的小说。小说结构既紧凑又松弛,语言准确生动,比喻诙谐独特,尤其是人物状态的描写,冷漠、无奈和孤独扑面而来之后,我们看到的是生活状态的模棱两可和没有方向的人生。在这篇小说里,武茳虹控制节奏时的得心应手,让我既欣赏又欣慰。

我认为《萨耶沙漠》是武茳虹写作生涯的奠基之作,她写作时凭空捏造事实的本领在这里已是初见端倪,而生活状态的模棱两可和没有方向的人生也是她这部小说集的精神主题。

我无法预测武茳虹将来的写作会给我们带来什么,甚至叙述风格也可能与现在的大相径庭,但是我相信必有惊喜,因为她的才华已经喷薄而出。虽然在《萨耶沙漠》之后的写作里,武茳虹经历了一些不稳定的时刻,这个不是坏事,是好事,这个证实了武茳虹一直在苦苦寻找文学的自己。

我读到的武茳虹的第三篇小说是《宛远是个美人窝》。她的其他作品我忘记了阅读的顺序,只知道《河桥孝子》是我最新读到,《河桥孝子》也应该是这个小说集里最新的一篇。

《宛远是个美人窝》再次向我展示了武茳虹叙述的能力,一个子虚乌有的故事在她笔下流放出来时让人感到确有其事。这篇小说会让人联想到卡夫卡的《城堡》,与《城堡》的无法进入不同,宛远是进入后无法出来。虽然叙述方向不一样,武茳虹还是受此启示。事实上武茳虹受到很多作家作品的启示,作为一个刚刚走上写作之路的青年作家,那些伟大作品是一个又一个的路标,可是这些路标并不是指向同一个方向,它们指向不同的方向,有时甚至是相反的方向。在这部小说集里,我们可以看到武茳虹步履不停,有时候往东走,有时候往西走,有时候往南走,有时候往北走,她走得理直气壮,没有晕头转向。

《三个人的晚餐》里有一个贝克特主题，但是她的叙述很不贝克特，是彻头彻尾的武茳虹。既然约恩·福瑟的《有人将至》里有一个贝克特主题，武茳虹为什么就不能有呢？

武茳虹的叙述是自己的，这是关键。在《宛远是个美人窝》里，武茳虹让我欣赏的是她一步一个脚印写下来，将一个空想的故事写得十分饱满，她擅长利用生活细节去填补自己的空想，空想因此降落下来，与事实一起浪迹天涯。这就是我之前所说的，武茳虹在写作时有着凭空捏造事实的本领。《三个人的晚餐》在叙述上也是如此，"等待"在武茳虹笔下是一层一层剥出来的，不是停留在一个层面上的唠唠叨叨。

《一对夫妇》和《父亲》是武茳虹空想小说的另外两个代表作品，这两篇小说在叙述上有着共同之处，就是语言前行时是匀速的，武茳虹语言的诗性特征因此得到了充分的展示。《一对夫妇》的空想是降落下来的，武茳虹不动声色地写下了冷漠与自私，重要的是武茳虹是从温暖写到冷漠，从无私写到自私。《父亲》的空想没有降落下来，一直在飞翔，是想象力的优美飞翔，形成了一道雨后彩虹般的景观。

《山的那边是海》应该是这部小说集里唯一的现实小说，如果用传统的现实主义来衡量的话。这是武茳虹十分熟悉的中学生题材，她信手拈来地写下来，我关注的是两个空间在叙述上的转换，武茳虹自信自如地完成了。

武茳虹究竟有多少写作的能量，自从她弃明投明，离开苏童来到我这里，我开始考虑她接下去应该怎么写。

我给过她一个建议，希望她的荒诞小说的叙述调转方向，不要先弄出一个荒诞的想法，再用生活细节去缝补，而是从一个真实的生活细节出发，扩张，不断扩张，扩张出荒诞来。像科塔萨尔的《南方高速》那样的小说，堵车，这个生活中每天都在发生的事，在科塔萨尔笔下扩张出了荒诞。荒诞不是离开生活或者不像生活，而是放大生活，放大现实。武茳虹是一个信任老师的学生，为此读了两遍也可能是三遍《南方高速》，摸索之后，写出了正是我想要的《河桥孝子》。虽然《南方高速》给了武茳虹启示，但是在《河桥孝子》里，无论是情节还是细节，丝毫看不到与《南方高速》有相似之处。

《河桥孝子》给予我们一个焕然一新的武茳虹，她用一种热火朝天的方式写下人性和社会性，死亡和葬礼闹剧般地演出，人生百态世事无常尽情演绎，讽刺无处不在，这篇锣鼓喧天似的小说可能是武茳虹第一次大大咧咧的写作，她达到了我的期待。

我的期待还在继续，我期望武茳虹今后的写作能够完全走进自我发现，不断的自我发现，从自己的突然感到，突然看到和突然想到里诞生写作的灵感。武茳虹值得期待。

二〇二三年十月九日

你家房子上CNN新闻了

二〇〇一年，中国的漓江出版社出版了伊沃·安德里奇的《桥·小姐》，收入在诺贝尔奖获奖作家丛书里，很长一段时间里我以为这部伟大作品的书名就是《桥》。当时在书店里第一次看到这本书的时候我还以为是以前看过的那部电影的原著，克尔瓦瓦茨导演的电影《桥》和《瓦尔特保卫萨拉热窝》曾经在中国红极一时，我去电影院看了几遍。

去年，中国的上海文艺出版社重新出版了伊沃·安德里奇的作品，波斯尼亚三部曲——《德里纳河上的桥》《特拉夫尼克纪事》和《萨拉热窝女人》。我重读有了正确书名的《德里纳河上的桥》，另外两部是第一次阅读。

伊沃·安德里奇用平铺直叙的方式通向了波澜壮阔的叙述，他是这方面的大师。很多作家在叙述的时候都会在重要的部分多写，不重要的部分少写，伊沃·安德里奇不是这样，他在描写事物、人物和景物时的笔墨相对均匀，对于他来说，没有什么是重要的，也没有什么是不重要的，只有值得去写和不值得去写，他写下的都是值得的。我们不会在他的书中读到刻意的渲染和费力的铺张，他的叙述对所有的描写对象一视同仁，没有亲疏远近之分，又是那么的安静自然，犹如河水流淌风吹树响。用这样的方式写下不朽之作的作家不多，伊沃·安德里奇是其中的一个，如果再去寻找，托马斯·曼可能也是其中的一个。因为笔墨相对均匀的叙述是坦诚的，是很难用技巧来掩饰缺陷的，这样的叙述可以说是最大限度挑战了作者的洞察力。《德里纳河上的桥》是这方面的典范，这部小说的时间有四百多年，涉及了几十个不同历史时期的人物，这样的题材让很多作家望而生畏，可是在伊沃·安德里奇这里却是轻松自如。他叙述的时候，什么地方选择什么样的故事和人物真是恰到好处，令人赞叹，他写下了一个个生动的场景和人物，这些场景这些人物如同一叶见秋，既表现了各自活生生的命运，又命名了岁月的动荡和历史的变迁。他没有参考编年史这种过于兢兢业业而显得笨拙的方式，虽然这四百多年里出现了众多重大历史事件，但是他的写作不是举重比赛，倒是有点像跳高和跳远，然而最终呈现出来的却是文学史上难得的沉重之作。

伊沃·安德里奇对他笔下的人物、事物和景物一视同仁，这是他的叙述立场。如果不去关注他的塞族身份，单纯去看《德里纳河上的桥》，我无法判断作者是穆斯林，天主教还是东正教。我相信他在写作的时候首先将自己虚构成了一名叙述者，然后再用这名叙述者去虚构作品，二度虚构之后出来的作品已经没有了作者的宗教信仰和民族身份。

不仅是叙述立场，在叙述情感上他也维护了写作时的一视同仁。《德里纳河上的桥》是这样，《特拉夫尼克纪事》也是这样，即使在《萨拉热窝女人》里，伊沃·安德里奇毫不留情地写出了拉伊卡的自私和冷漠，同时也毫不掩饰地写下了对拉伊卡的同情和怜悯。这就是我所理解的伊沃·安德里奇，一位在写作时努力摒弃偏见的作家。

一九七五年，伊沃·安德里奇去世了。我不知道他生前是否预感《德里纳河上的桥》的故事还会延续，从一九九二年四月到一九九五年十二月，他出生、成长和生活过的地方战火纷飞，然后南斯拉夫没有了，世界各地介绍他时出现了这样的句子：前南斯拉夫的伟大作家。

我们的朋友彼得·汉德克，这位一直保持独立人格和独立思想的德语作家，在关乎南斯拉夫和塞尔维亚时，为了他看到和知道的事实，单枪匹马和整个西方媒体对着干。他一九九五年底来到塞尔维亚，写下了冬天旅行故事。一九九六年夏天，又来到塞尔维亚，他的旅行故事因此得到补充，他还来到波黑，来到维舍格勒，站到了这座"德里纳河上的桥"上。他学会了一些波斯尼亚语骂人的脏话，其中有一句"你家房子上CNN新闻了"，意思是起火了和爆炸了。可见，CNN在报道波黑战争时出现过太多起火和爆炸的画面。

我有一位朋友的孩子，小时候就去了美国，他现在美国念大学了。一起发生在美国的事件，他先看了左倾的NBC新闻，又看了右倾的FOX新闻，然后他疑惑了，NBC和FOX说的是同一件事吗？

我们这个世界充满了偏见，而且偏见都穿上了真理的外衣，我的意思是真理对他们来说只是一件随时可以换掉的外衣，他们的衣柜里挂满了各式各样的堂而皇之的外衣。如果你想去反驳偏见，你不会赢，因为你的话还没有说完，偏见已经换了外衣。有一个方法可以考虑，就是用彼得·汉德克学会的波斯尼亚语脏话"你家房子上CNN新闻了"去回击他们，这是很高级的脏话，用中国的俗话说，这叫骂人不带脏字。

现在我应该说感谢的话了。感谢安德里奇中心，感谢三位评委——埃米尔·库斯图里卡、约万·德里奇和姆哈勒姆·巴茨德里，感谢你们授予我伊沃·安德里奇文学奖，这个荣誉让我觉得自己和伊沃·安德里奇亲近了。确实亲近了，我已经在维舍格勒，在安德里奇城，在德里纳河畔，在穆罕默德·帕夏·索科洛维奇石桥这里了。

二〇一八年一月二十七日

尊敬的女士们、先生们

尊敬的女士们、先生们,

你们好!

我在二〇〇七年九月的时候,访问了莫斯科和圣彼得堡,当然也访问了亚斯纳亚·波利亚纳——列夫·托尔斯泰出生和居住了一生的庄园。

这次旅行最为难忘的时刻就是在亚斯纳亚·波利亚纳,我站在安静的枝繁叶茂的树林里,站在列夫·托尔斯泰墓前,阳光照射下来时,颜色留在了树叶上,光来到了列夫·托尔斯泰墓地。

这是我见过的最平凡又最不平凡的墓地,没有墓碑没有墓志铭,只是在草地里隆起的一块长方形草地。列夫·托尔斯泰经历了朴素和震撼人心的一生,他长眠的墓地也是同样的朴素和震撼人心。

我在那里站立良久,想起第一次见到列夫·托尔斯泰著作时的情景。那是一九七七年,我十七岁,"文革"结束一年后,"文革"期间被禁止的世界文学名著重新出版了。

当时印刷出来的文学书籍数量远远无法满足社会上的阅读需求,我们经历了没有书籍的十年,我们在阅读饥渴里生活得太久了。

第一批到达我生活的小城的世界文学名著只有五十种,供不应求,书店只能发放书票,一张书票买一种书。这五十种书里面,列夫·托尔斯泰的有三种,《战争与和平》《安娜·卡列尼娜》和《复活》。

那天,天刚亮我就去书店排队,走到那里时看到已经排出三百来人的队伍,排在前面的都是一夜没睡,搬来家里凳子在书店门口坐了通宵的人。这些排在前面的人觉得自己稳获书票,正在讨论应该买什么书,他们都认为首先要买四卷本的,买不到四卷本,就买两卷本的,如果只有一本,也要挑厚的买。排在队伍后面的都是睡了一觉后过来的,他们关心的是发放多少张书票。于是前面的人和后面的人争论起来,前面的人说不会超过一百张书票,后面的人不同意,说会有两百张书票。这时候排在两百位以外的人不同意了,他们说应该有三百张书票。

书店开门后,一个工作人员走出来喊叫地说只有五十张书票,排在五十位后面的可以回家去了。失落的情绪立刻弥漫开来,排在后面的人陆续离去。排在第五十一位的那个人表情十分难过,他是和朋友玩牌玩到深夜才来到书店门口排队,他也是一夜没睡,他很懊恼,他说要是少打一圈牌就不会是第五十一位,就能进前五十了。

得到书票的五十个人里面也有失落的,他们不能自己选择买什么书,每张书票上印有书名,只能按照书名买书。于是买到一卷本《复活》的人羡慕买到两卷本《安娜·卡列尼娜》的人,买到《安娜·卡列尼娜》的羡慕买到四卷本《战争与和平》的人。但是比起买到巴尔扎克《高老头》的那个人,买到《复活》的人感到了一些安慰,因为《复活》比《高老头》厚了很多,虽然《高老头》里还有巴尔扎克的另一部小说《欧也妮·葛朗台》。

当时有十多个没有书票的人仍然站在书店门外,等着里面买了书走出来的熟人,羡慕地伸手去摸摸他们的书。我也站在那里,我认识的一个人买了《安娜·卡列尼娜》,他检查了我的手是干净后,同意让我双手把书捧上一会儿,之后他慷慨地翻开书页,让我的鼻子凑上去闻闻新鲜油墨的气味。

这是四十五年前的事了,现在进入中国的实体书店和网上书店,不知道该买什么书,因为书太多了。现在中国到处可以看到列夫·托尔斯泰的著作,《安娜·卡列尼娜》有一百多个版本。

此刻,我是在北京的一个小树林里讲述这个故事,我感觉讲述的时候,这个树林正在向亚斯纳亚·波利亚纳的树林致敬。

谢谢你们!

谢谢亚斯纳亚·波利亚纳文学奖的评委们!谢谢弗拉基米

尔·托尔斯泰主席！谢谢你们将如此重要的荣誉授予我的小说《兄弟》。

　　谢谢TEXT出版了《兄弟》！谢谢邓月娘翻译了《兄弟》！

　　再次谢谢你们！

二〇二二年九月十六日

图书在版编目（CIP）数据

世界上的迷路者 / 余华著. —北京 ：北京十月文艺出版社, 2025. 2. — ISBN 978-7-5302-2455-7

Ⅰ. I267

中国国家版本馆CIP数据核字第20248A3C03号

世界上的迷路者
SHIJIE SHANG DE MILU ZHE
余华 著

出　　版	北京出版集团
	北京十月文艺出版社
地　　址	北京北三环中路6号
邮　　编	100120
网　　址	www.bph.com.cn
发　　行	新经典发行有限公司
	电话 (010)68423599
经　　销	新华书店
印　　刷	山东韵杰文化科技有限公司
版　　次	2025年2月第1版
印　　次	2025年2月第1次印刷
开　　本	850毫米×1168毫米 1/32
印　　张	6.5
字　　数	122千字
书　　号	ISBN 978-7-5302-2455-7
定　　价	49.00元

质量监督电话 010—58572393
如有印装质量问题，由本社负责调换

版权所有，未经书面许可，不得转载、复制、翻印，违者必究。